介護はギフト

夫が倒れて気づいた幸せの意味

風水介護環境整理アドバイザー
春風ほの香 著

はじめに

はじめまして。春風ほの香です。

兵庫県明石在住。

整理収納アドバイザー、おうちレッスンマスター、風水介護環境整理アドバイザー、一般社団法人・風水心理カウンセリング協会認定講師、風水住宅スペシャリストの資格を活かして、お家の中を快適に整えるためのノウハウを、みなさんに教える仕事をしています。

この中の、「介護環境整理」がちょっと聞きなれないかもしれません。どんなノウハウかというと、自宅での介護環境を清潔かつ安全に保つための基礎になります。

なぜ、この資格を取ったのかというと…。

夫が、２０１７年に脳梗塞で倒れてしまったのです。なんとか生還を果たしたものの、全身に麻痺が出てしまいました。動くのは首から上と、右手が少々です。

現在は、施設にお世話になりつつ、週末は自宅にて介護をしています。

在宅介護って大変。

と、私も思っていました。

でも、始まってみると、意外にそうでもない。

倒れたときは、どうすればいいのかわからなかったし、なんで私だけー！と思ってました。

でも、何回も病院を行き来し、夫と関わっていくうちに、これは私の運命なのかなーと感じだしたんですね。

自分だけで介護をしなくてもいいということも、大きなバックアップになりました。

子どもたち、夫の両親や姉兄、私の母や、他の家族・親戚はもちろん、病院や施設の人をはじめ、たくさんの人が助けてくれます。素晴らしい制度もいろいろあります。

そして何よりも、「介護する人＝自分」の気の持ちようが、介護を楽しくも苦しくもさせるのです。それと同じくらい大切なのが、「介護する相手＝夫」との関係性です。

結婚してから30年近くたって、突然始まった夫の介護は、新しい自分と新しい夫婦の愛情というギフトをもたらしてくれました。

そんな夫である「おとうさん」と「私」の、楽しいほのぼの介護生活を紹介したいと思います。

目次

プロローグ

ある日突然、おとうさんが倒れ、要介護になりました

2017年11月。

おとうさんが倒れたのは、娘の結婚式が終わって1週間後というときでした。倒れた場所は自宅。夜勤明けで仮眠から起きて、2階にある自分の部屋から1階に降りてこようとしたのでしょう。足に力が入らなかったのか、階段手前の廊下で倒れていました。

一番下の、当時大学生の息子が、

「おかあさん、おとうさん、倒れてるよ！」

と叫んだので、気がついたのです。

私は仕事で、出先から直帰していて、たまたまいつもより早めに帰宅していました。いつも通りの帰宅時間だったら、息子ひとりだけで、どうにもならなかったかもしれません…。

助かるんだろうか、なんとか間に合って！　と、不安でいっぱいでした。痛い、とかしか言わないし、どうしていいかわからない状態。でも、私が動転してしまったら、息子はもっとパニックになってしまう。

「おばあちゃん、お兄ちゃん、お姉ちゃんに連絡してね」と息子に言い残し、救急車には私ひとりで乗り込んで、脳外科がある病院に行きました。

検査を待っている間、何していたのか思い出せないです。が、おとうさんの姉夫婦が病院の近くに住んでいるので連絡をし、来てもらいました。

検査の結果は、「小脳脳幹梗塞（脳梗塞）」でした。

手術ができない場所だと検査でわかり、薬で対処することに。先生からの話も、動揺してしまって、なかなか理解ができません。子どもたちがいてくれたので、なんとかこなせたという感じです。動揺しているときは、身近な人にいてもらうことが大事なんだと、今、つくづくと思います。

意識が戻ったのは2日後。

2日たって意識が戻らなかったら危ない、と先生からは言われていたんです。

もうすぐ2日たってしまうというときに、「意識が戻った」と看護師さんが教えてくれました。

なんとか永らえてくれた、よかった、と思いました。

おとうさんの両親は高齢なので、倒れたことを私からではなく、おとうさんの姉兄から、様子を見て伝えてもらいました。両親は言葉をなくし、何も言えなかったと、あとから聞きました。

おとうさんが運ばれて、入院したのは「急性期病院」。急な病気で重症となった患者さんの治療を、24時間体制で行なう病院です。

おとうさんのことが心配なのですが、入院の手続きなど、やることがいっぱいでした。

おとうさんは現役で仕事をしていたので、会社にまず連絡しないといけません。気が動転していると忘れちゃうものですね。

少し落ち着いた時点で、おとうさんの一番上の姉の夫である義兄についてきてもらい、会社に顔を出しました。会社では、いろいろな制度のことを教えてもらい、わからないことが多かったので、とても助かりました。

それと、社保に入っているわけですけど、入院費の請求の高額さにびっくり！　加入している生命保険などに急いで連絡しました。

手続きをしても、すぐに支払われるわけではないんですよね。あとから戻ってくるとはいえ…給料何ケ月分!?　とクラクラしたのを覚えています。

いろいろバタバタしましたが、それでも、少し症状が落ち着いてきて、ほっとひと安心。しかし、急性期病院にずっといられるわけではなく、「回復期病院」に移らなければいけないのです。

回復期病院というのは、リハビリによる回復を目指している病院のことです。受け入れてもらうのはかなり大変。受け入れてもらえるところがなかったら、どうしようもない状態でした。

急性期病院からのアドバイスもいただきながら、回復期病院の院長さんと直接話し合いを重ねました。

受け入れが決まったときは、本当に運がよかったとしかいいようがないほど、ほっとしました。

そして、回復期病院には、年が明けた1月9日に転院しました。

回復期病院に移ったときは、気管切開をしていて、ノドにチューブが入った状態。声を出すこともできません。意思の疎通も難しいです。

食べるのは、鼻から流動栄養食を入れて、となります。お腹が空いているのかいっぱいなのか、本人もよくわからない感じです。

そんなこんなをしているうちに、全身に麻痺が出ていることがわかってきたのです。

できるのは、まばたきと、うなずくのと、かろうじて右手が少し動かせることくらいでした。左手はしびれがきつく、両方の足も踏ん張ることができない。まさに寝たきりです。

そして、目も見えなくなっていて、記憶もあいまいになってしまったようでした。

1ケ月くらいで気管のチューブが取れ、話をすることができるようになりました。話せるようになると、看護師さんとのコミュニケーションがとれるように。看護師さんたちも、目が見えないこともあって、たくさん声がけをしてくれました。

昭和の歌謡曲の話なんかで盛り上がって、歌ったりしてたそうです。家では歌ったことなんてないし、話題にもならなかったのに！　とビックリしました。

また、面会に来てくれた職場の人と、かなり長い時間話すことができるようにもなりました。

「これは、○○さんに聞くといい」

「そうですね！　わかります！！」

と、生き生きと会話をしていて…。それはよかったのですが、あまりにも話が長くて、来てくれた人に申し訳なかったです。

現在進行中の記憶は忘れることが多く、子どもの誕生日なんてまだら覚え。でも、昔のことはなんとなく覚えているような感じ。職場の人との面会のときにわかりましたが、仕事のことはよく覚えているんです。

そして、気管切開の傷が閉じた頃から、経口摂取のリハビリが少しずつ始まります。半年くらいしたら、カップゼリーなんかを、食べる練習として差し入れることができるようになりました。

飲み込む訓練も順調に進み、

「ちゃんとゴックンができてるから大丈夫！」

と許可も出て、三食、経口摂取に。

私は食べさせる練習、おとうさんは食べる練習が始まりました。

おとうさんの両親は、回復期病院の近くに住んでいます。それもあって、週に1~2回、病院に会いに来てくれていました。

経口食になると果物なんかも持ってきてくれて。どうしても、いつもひとりになりがちな病室ですが、両親が来てくれると、おとうさんも安心していたようでした。

本当に、おとうさんの両親・姉兄が近くにいてくれたことがありがたく、心強かったです。

回復期病院では、1日の大半をリハビリをして過ごします。リハビリはとても厳しく、見ているのもつらい感じ。柱の陰からそっと見ていました。

目は見えなくとも、私がいることが気配でわかるみたいで、すぐに泣きごとを言ったりしてました。

けれど、リハビリをするほどに、何かしらできることが増えていきます。その変化を、看護師さんと交換ノートで情報共有していました。

回復期病院は3ケ月たったら、介護施設など次のステップに移らなくてはいけません。…なのですが、何度か調子が悪くなり、入退院を繰り返すことに。結局、回復期病院には1年ちょっと入院させてもらえました。今までこんなに長くいた人はいません(笑)、と病院の人に言われちゃいました。

回復期病院からの退院が近い頃には、麻痺の回復も進んでいました。右手におにぎりを持たせたら食べられるようになっていて、おかずも介助してもらって食べられる状態に。車いすにも、ふたりの看護師さんの介助をしてもらって、乗れるようになっていました。

倒れたときから数えると、気が付けば入院生活も2年近くに。回復期病院に入院中、お正月に1日だけ外泊の許可が出たのです。

介助用リフトなどの使い方や、おむつ交換の仕方のレクチャーを看護師さんから受けたのですが、なかなか難しい…。

おとうさんも、家族も緊張しまくりでしたが、なんとか自宅に帰り、家族と過ごせました。

そんなお正月明け、まだまだリハビリが必要だけれども、退院の期日が決定。次に受け入れてもらう病院(施設)を探さなければなりません。

しかし、入所の条件がなかなか折り合わず、気は焦るばかり。電話でアポを取ろうとするだけでも、「無理」とキツイ言葉が返ってきたりして、凹む日々が続きます。

私の母(おばあちゃん)とおとうさんの担当ケアマネージャーさんに相談したりして、最後の最後にたどり着いたのが、今の施設「介護老人保健施設」です。2019年3月末に入所しました。

今は、だいたい週に3日の自宅介護となっていますが、最初の3ケ月はずっと施設での介護でした。おとうさんも慣れるまで大変です。

まだ、今の施設に行くと決まっていなかったとき、

「お家に帰るか、施設に入るかになるからね」

と、説明したことがありました。

「家にいたいなー」

と、ぽそっと言ってたけど、そのときは私もまだ勤めていたので、ちょっと無理だなー、と思いました。でもまあ、おとうさんも、施設でも仕方ないな、と思ってたと思います。

そして、コロナ禍で自宅に帰ることができない時期もありましたが、どうにか、施設と自宅を行き来する生活が始まったのです。

目が見えない

おとうさんも不安だったみたいだけど、私もつらかった…

全身に麻痺が出ていることがわかったのもショックでしたが、何よりもショックだったのは、目が見えなくなってしまったことです。

急性期病院に入院中、何度かおとうさんの目の前に、手をやったりしてみました。

見えているなら、普通はビクッとしたり、まばたきしたりするものだけど、そういう反応が全然なかったので、見えていないのだろうなあ、とは思っていました。

意識が戻り、目が見えないことに、うすうす気づいていったみたい。

「目が見えないみたいなんだけどねえ」

と、私たちに伝えてきたのは、気管のチューブを取ってしゃべれるようになってからです。やっぱり気づいてたんだ、と思いました。

でも、麻痺で動けなくなっているうえに、見えなくなってるよー、なんて。パニックになると思って、ここはそうっとしとこ、と、それまでは言わなかったんです。

自分から、見えない、と言ってきたから、

「見えてないみたいだね」

と、返しました。

「見えてない…」

と、つらそうに言っていました。

おとうさんもつらかったと思いますが、私もこの頃が一番つらかったです。

何をするのも声がけが必要になるな、と思いました。

当然、おとうさんは、周囲の様子がわかりません。見えないからわかんないと、不安を口にすることも多かったです。

「スタッフの人は、いい人ばかりよ」

「おとうさんが見えないの、みんな知ってるから。声かけてくれるでしょ」

としか言うことができませんでした。

おとうさんも、つらかったと思います。

目は見えないし、体も動かない。目は見えないしの上に、まばたきしかできず。言葉も出せないし。病院のスタッフさんや、私を含め周囲の人に任せるしかなかったから。

時間がたち、見えないなりに、「任せる」ということに整理がついてきたような気がします。

1週間

だいたい、自宅で3日間、施設で4日間、過ごします

おとうさんは、平日4日間は施設で過ごします。プロローグで紹介した「介護老人保健施設」です。

自宅から毎日通えるくらいの距離にあって、コロナ禍前は、毎日、3時のおやつに間に合うように通っていました。

施設での1日スケジュールは、朝昼夜の食事と3時のおやつ、週に2回の入浴(シャワー)、リハビリなど。

その他の時間は、ラジオを聞いて過ごしています。

お雛さんや七夕、クリスマスなど、年中行事のあるときは、ホールでイベントがあったりします。最初はあんまり行きたがらなかったけれど、最近は参加するようになってきたようです。

そんな感じで、他の入居者さんともコミュニケーションをとることができ、入居してすぐのときは、世話好きの入居者の方が声をかけてくれていました。ありがたいことです。

食事のときは食堂に移動し、食堂で車いすに座って食べます。スタッフさんが他の入所者さんを看ながら、おとうさんに食べさせてくれています。

右手はなんとか動くので、おにぎりみたいなものは手に持たせてもらって食べていますが、基本的に介助をしてもらって食事をします。

職員の人と話をするのは、食事の前に食堂に移動するときが多いようです。

よく話すことは、やはり目が見えないことのようで、
「目が見えないからごめんね」
と、職員の方にも言うみたいです。やはりおとうさん自身、目のことが一番気にしていることなんだなぁと思います。

週末になると、自宅に帰ってきます。自宅に着いたら、車いすから介護用リフトを使って介護用ベッドに移動します。

そして、自宅で3日ほど過ごし、施設に戻ります。

本来、自宅介護になるといろいろリフォームが必要になりますが、今の家に引っ越しが決まり、入居、というタイミングで、バリアフリーのリフォームをしました。

私の母・おばあちゃんを家で看ることになるだろうな、というのがあったので、先にバリアフリーにしてたんですね。全部引き戸にしたり、床もフラットにしたりして。

おばあちゃんのためのリフォームでしたが、先におとうさんの役に立ってしまった…。

一度、回復期病院の人に自宅を見てもらったことがあるのですが、

「介護用に直すところ、ないですね」

と、言われました。

スケジュール

1日中、ほぼずっとベッドの上。食べるときは車いすに座ります

自宅でのおとうさんの1日はこんな感じ。
朝は8時半から9時の間が朝食なので、それまでけっこうぐっすり寝ているところを、私が起こします。
お昼は12時過ぎ、そして15時過ぎにおやつしてから、18時半くらいに夜ご飯。

毎日の食事は、同じ時間帯に出すようにしています。

午前中はそんなに言わない…けど、12時くらいになると、

「今何時?」

と言います。


夜ご飯の前、17時くらいにもよく時間を聞かれます。

「おとうさんの腹時計は、普通の時計より正確かもしれんね」

「そうか?」

なんて言い合って、笑ってます。


合間の時間は、ほぼラジオです。

ラジオを流し聞きながらも、けっこう昼寝しています。

昼ご飯食べて、ちょっとして、

「おとうさん、お茶ー…、寝てるか」

みたいな。
あんまり寝すぎると、夜寝られなくなるから、
「おやつ食べるー？」
と言って、起こします。

基本的に、介護ベッドで過ごしますが、食事のたびに車いすに移動して、食べて、またベッドに戻るだけでも、疲れるから寝ちゃうんでしょうね。

夜21時には、消灯・就寝！　みたいな感じです。

家に帰ってきているときの、おとうさんの介護ベッドの定位置は、リビング。リビングには続きで和室があり、この二間の間にふすまがあります。夜はふすまを開けて、寝ているんです。

21時消灯ですが、私がちっちゃい音でテレビ見てたりすることも多々あり。

たぶん、おとうさんも聞いてるんだろうなと思われます。

私がチャンネル替えると、

「なんか替えたーー?」

とか言うから。

しっかり聞いてんじゃん。


夜は、けっこう寝てるはず。おとうさんが実は眠れていなくても、私が気づいていないだけかもしれないけど。私、寝ちゃうと、何もわかんなくなっちゃう人なもので…。

「なんかあったら呼んでよー!」

って言ってるんですけどね。呼ばれたことはほとんどないです。

あ、1回呼ばれたことがあった！

「起きてるー？　今何時？」

え、私、寝てんねんけど、誰か呼んでる？

「どしたん？」

「今何時？」

「(また時間、聞くか)　夜中ですけど。まだ2時だから、まだ寝れるよ」

と言ったら、また寝たみたい。

もしかしたら、もっと起こされてるんだけど、気づいてないだけかも(笑)。

おとうさんもそのへんはあきらめていると思います。

ラジオ

毎日の娯楽はラジオ。歌ったり笑ったりで、けっこう楽しそう！

おとうさんは、ご飯を食べるときは車いすに移動して体を起こしますが、ふだんは、少し角度を付けたくらいのベッドで、ほぼ横になっている状態です。

そんな毎日、日中、何をしているのかというと、主にラジオを聞いています。目が見えない分、耳をフル回転という感じです。

「何か音楽かける？」

と、聞いたら、

「別になんでもいいよ」

と、言うので、ラジオがいいかなと思ったんです。

もともと、私がラジオ派で、その習慣がそのまま引き継がれました。ラジオは音楽だけでなく、いろんな情報が流れてくるので、飽きずに聞けるんです。

土日なんかは、音楽のリクエスト番組が多くて、懐かしい曲がかかったら、たまに歌ったりしてますね。

はじめはFMをかけてみたりもしてたんですが、反応が今ひとつだったんです。

今はもっぱら、AMのにぎやかで庶民的な局に落ち着いています。ひとつの局しかかけてないと、いつなんの番組が来るのか覚えちゃうんですね。

ＭＣとゲストの掛け合いを聴いているのが、楽しいみたい。「ふふ」と笑いながら聞いてます。


いつも声を出さないというか、ぼそっとしかしゃべらないから、

「ふふ、じゃなくて、声出して笑ってよ！」

「くしゃみするにしても、咳するにしても、口開けて！」

「腹筋使うようにしないとダメだし！」

って言ってるんです。


おとうさん、私の言うことを一応聞いているようではあるけれど、また言ってる…って思ってるんでしょうね。

ラジオの話を聞きながら、

「きっと次はこんなことを言うよ」

と、次の話題の当てっこなんかもしたりしています。

右手が動くとはいえ、スイッチを押したり回したりして、ラジオの局を変えることはできません。だから、おんなじ局ばかりを聞いている、というオチもあります。

しゃべらない

ほんっとに、おとうさんとは会話がなかったわ…

ところで病気になる前のおとうさんは、ほんっとに、しゃべらない人でした。用事がなきゃしゃべらない感じ。

「おはよう」くらいは言うんですけど、「あ、なんか言ったか？」と思うくらい、ぼそっと言う人。

そもそも平日は、話す時間もなかったのです。仕事場が遠かったので、おとうさんの出勤は始発。私はそんな早朝には起きられず。朝はすれ違いです。

帰ってくるのは、夜の9時10時で、私と子どもたちは、もう夕ご飯をすませちゃってました。1回目の片付けをしてるときにおとうさんが帰ってきて、食べるという感じです。

そのとき、世間話みたいなたいしたことのない内容を、少し話すくらいでした。おとうさんは、ひとりで晩酌してましたし。

仕事やらなんやらでふたりともグッタリで、次の日も早いし、食べて、お風呂入って、寝る、みたいな。

休みの日は、唯一の趣味であるパチンコに行っちゃって、いないし。

子どもたちが、おとうさんに今流行りのことを話しても、返ってくるのは「へー」「ふーん」ばかり。話しかけてもあかんか、話が通じへんな、という感じ。だんだん話しかけなくなりましたね。思春期だったからかもしれませんが。

仕事場でコミュニケーションがとれてるんだろうか、なんて話をよく子どもたちともしてました。

介護状態になってから、子供たちとも会話は増えましたね。

最近、息子が腰痛になってしまった話をしていたのですが、その話を聞いていたおとうさん、

「ちゃんと 病院行けよ」

今までそんなこと言ったためしがない！

「おとうさんに言われたら世話ないね」

と、みんなで笑っちゃいました。

でも、もともと会話がなかったから…おしゃべりが増えたとはいえ、今さら感はどうしてもありますね(笑)。

笑ったりとか、表だって感情を出す人じゃなかったです。

私たちがお笑いを見てめっちゃ笑ってても、しれーっとしてるし。


今は、変わったかな。

テレビを聞いてて、

「ふふ」

と笑ってます。今笑うとこか？　そこで笑うんだ、ってとこで。

よく注意していないと、笑ってることにも気づけない！

ショートステイ連絡帳

施設でのエピソードが、この連絡帳に書いてあるのです

『ショートステイ連絡帳』という、自宅と施設の連絡ノートがあります。

施設でどんなことがあったのかや、おとうさんのいろいろな変化などを、担当者さんが記入してくれるノートです。

お風呂の有無、便の有無、体の症状、食事の様子など、施設での1日の様子が書かれています。

内容の充実度は、担当の人によりますね〜。

家での様子も多少書きます。

食事のことを前はけっこう書いてましたが、同じようなことの繰り返しっていうのもあって、今はあんまり書かなくなりました。排便の状態とか、清拭したかどうかとか、やや事務的な感じになってます。コロナ禍以降は、体温や体調のことも書いたりしています。

コロナ前は、私はほぼ毎日、施設に行ってました。おやつの時間に行って、おとうさんが食べるのを介助していました。

コロナになってからは、お洗濯ものの受け渡ししかできなくなってしまい、施設での様子は、しばらく連絡帳で知るしかなくなったのです。

ひと月に1冊のペースで、もう30冊以上になりました。

施設の人も、目が見えていないことがわかっているので、声がけをよくしてくださいます。おとうさんの受け答えは、はっきりしているようです。

あるとき、『どんな仕事をしていたのかを聞かれたら、楽しそうに仕事のことを話していました』と、連絡帳に書かれていました。

「どんな話をしたの？」

と、聞いてみたら、

「忘れた」

と、言われガックリ。

また、食事のとき、大笑いしたというエピソードが書かれていたこともありました。

連絡帳によると、食事でおかずの介助をしてもらっているときに、スプーンを口に入れたはいいけれど、うまく抜けなくて、くわえたままの状態にしばしなってしまったとか。そのとき、介助してくれた人と大笑いになったとありました。


また、食事のあと部屋に戻ったとき、施設の人が、

「何かあれば呼んでくださいね、新幹線でやってきますから」

と言うと、

「ありがとう、でも新幹線って古くない？　今はリニアかな」

と、笑いながら言ったそうで。

施設の人も話に合わせて、

「わかりました！　ではリニアで来ますね」

なんて答えて、ケラケラ大笑いしたそうです。

「最近はよく笑われます」

と、連絡帳に書いてあることも増えました。

いつも、ふふふ、くらいの笑いなのに、施設の人に冗談も言うようになったんだなあと、ちょっとうれしくなりました。

エヴァンゲリオン

おとうさん、アニメ好きなんです

薄手のひざ掛けを、エヴァンゲリオン柄に替えてみました。
おとうさんが、かつてＵＦＯキャッチャーで取ったもの。

おとうさんの実家のほうでは、毎年のお正月に、恒例ボーリング大会が開催されていました。会場のゲームコーナーにＵＦＯキャッチャーがあって、ボーリングの待ち時間に取ったのが、このエヴァンゲリオンのひざ掛け。

エヴァンゲリオンが好きじゃなきゃ、取らないと思うんですよね…おとうさんの自室にテレビを置いていたので、ＤＶＤとかで観ていたのかも。

「エヴァンゲリオンのひざ掛け、施設に持っていったら、きっといろんな人と話がはずんじゃうね」

と、おとうさんに言うと、

「そんなの(施設の人に)わかるかな?」

と返されましたが…。

最近、施設の職員さんに、若い男性の方が多くなったようで、ひざ掛けから、やはりエヴァンゲリオンの話になったそうなのです。

施設に戻ったときに出迎えてくれるんですが、

「今日、すごくいいひざ掛けしてますね」

と、言われたとか。
キャラクターは誰が好きとか、そんな話になったようで。主題歌も歌ったりしていたようです。

私には、エヴァンゲリオンのキャラクターなんて、全然わからず。あとで聞いたら、ひざ掛けにプリントされていたのは、アスカっていうキャラクターだと判明しました。

後日、またエヴァンゲリオンが、おとうさんの生活に登場しました。

エヴァンゲリオンの映画公開に合わせ、テレビの地上波でエヴァンゲリオンの昔の映画が放映されたときがあったのですね。
テレビをつけっぱなしにしていたら、エヴァンゲリオンが始まって。

「あれ、エヴァンゲリオンやってるの?」

違うのに替えようかと思ってたんですけど(笑)。

「そのままにしといて」

と言うから、

「じゃあ、そのままにしとくね。一応OFFタイマーだけかけとくね」

私は見ないから、終わっても消さないで寝ちゃうなと思ったので。

珍しくつけといて、と言われたんですよね。ほかの映画や番組では、そんなことを言ったことはなかったのに。


見えてないけど、音声で映像が浮かんでいたみたいでした。

たぶん好きなんでしょうね。

おとうさんが好きだってのはわかってます。

もともと北斗の拳とか好きで、漫画雑誌もよく読んでたしね。

夜も更けてきたので、

「そろそろ寝る時間だからテレビ切ろうか」

と言ったのですが、聞いていましたね。

食事

ちょっとだけ気をつかうけど、普通の食事を楽しみます

口には麻痺がありません。なので、だいたいのものは普通に噛めるし、飲み込めます。熱い冷たいもわかります。

今は、私たちが食べる普通の食べ物を、小分けにして食べています。これといって手がかかるということはないのです。

お味噌汁には、トロミ剤を入れてます。気管とか違うところに入ってしまって、むせるといけないので。

実際はちゃんと飲み込めるので、そんなにむせることもないんです。トロミ剤がなくても大丈夫な気もするんですが、私のほうが怖くて。水でも麦茶でもなんでも、液体にはトロミ剤を入れています。

量は、1人前、しっかり食べます。でも、ちょっと少な目にしてます。体重が増えてしまうと、介護するときに、私や介護してくれる人に負担がかかってくるので。

「お腹いっぱいになった?」

と聞くと、

「腹八分目は医者いらず――」

これは足りてない、ってことなんじゃないかなーと思いつつも、腹八分目ならよしということにして、これ以上食べるのは止めてます。

そもそも、お腹いっぱいかどうか、わかってないんじゃないかな、という疑惑もあります。


おとうさん、好き嫌いがないです。なんでも文句を言わずに食べます。

「なんか食べたいのある？」

と聞いても、

「なんでもいいよ」

なんでもいいよは一番困るんだけどな。私にしたらありがたいですけど。

「おとうさん、まずいんだったらまずいって言ってよ」

と言っても、なんにも言わない。なんでも出されたものは食べる。しゃべらない人だから…文句すらも言わない。

「お肉がいいとか、お魚がいいとかある?」

「じゃ、お肉…」

たぶん施設では、お肉があまり出ないのかな。高齢者の方が多いので、肉気が少ないのでしょう。ですので、家に帰ってきたときは、お肉を食べさせることも多いです。


お肉、けっこう食べますね。

なるべくお野菜も食べさせたいので、牛肉、豚肉を野菜炒めにすることが多いです。鶏肉は温野菜サラダ風にしたり。


食べるときは、見えないのでおとうさんは食材がわかりません。なので、

「ピーマンだよ」

「玉ねぎだよ」

と言いながら、口に入れてあげます。

言うの忘れると、

「コレ、何?」

「あ、ゴメン。言ってなかった。放り込んだだけだった」

ってことも。

なるべく、食材を考えながら食べてもらいたいと思って、食材名を言いながら食べさせてます。

生ものは、食あたりが怖いので、食べさせません。サラダもNGと、勝手に私は思っていました。お刺身は食べたそうにしてるんですけど。いまだお腹を壊したことはないけれど、生もの解禁はないかな。とか言いながら、果物は食べてるな(笑)。

なので夏場は特に水分摂取には気を付けています。だいたい1時間に1回、トロミ剤入りのお茶を50～100ミリリットルくらい飲ませています。

お酒は、とりあえず止めとこかって思って、飲ませていません。

倒れるまではすごくビール飲んでたので、飲めないのはつらいかな…と思い、飲みたいか聞いてみたら、

「もう別に飲みたくない」

という返事。

飲みたいと言ったら、少しだけ飲ませてあげようと思ってたのに(笑)。

ちなみに、主治医の先生には、ちょっとくらいなら飲んでもいいと言われております。

お正月にひと口くらい、とも思いつつ、これを飲んだがために、これからず

っと飲むようになっても困るし。

味を占めて、施設で「ビール」なんて言ったらね…(笑)。

お酒もですが、たばこもすごかったんです。1日1箱は吸ってましたね。もちろん、今は吸っていません。

実は病気になってからは、体重も減って、全体的に体調も安定してる状態なんです。私よりも健康体かもしれません。

朝昼メニュー

いたってフツーのメニュー。朝はパン、昼は麺…

朝食はパン食が多いです。というか、ほとんど家にいるときの朝食はパン。食パンのフレンチトースト、ピザパン。それに菓子パン。菓子パンは少し温めます。

食パンをアレンジしたメニューは、自分で持てるように、長細く切ります。バターロールにソーセージやスクランブルエッグを挟んで、自分で持って食べてもらったりもします。

毎朝欠かさずに出すのが、甘酒とバナナと牛乳をミキサーにかけたジュース。

甘酒は自家製です。製氷皿で凍らせてストックしてあります。

夏はミキサーにかけてそのまま、冬場はレンジで温めて。このジュースは、ちょっとトロミがあるので、トロミ剤は使いません。

お昼は麺類が多いですね。

夏はソーメンとか冷麺とか、さっぱり食べられるものにしています。

そういえば、七夕のとき、施設の食事で「七夕そうめん」が出たときに、

「何かわかりますか？」

と聞きながら、介護士さんが型抜きニンジンや卵を口に入れてくれたとか。

口の中で触って、星型だとわかったようです。

量が多かったそうなんですが、全部食べたと書いてありました。

寒くなってきたら、あったかいうどんなんかが多くなります。きつねうどんやなべ焼きうどん。最近は冷凍調理うどんを利用することも増えました。熱い冷たいはわかるので、私がだいたい冷ましてから、食べさせます。

他には、ミートソースのスパゲティ、ナポリタン。チャーハンもするかな。平日おとうさんがいないときに作ったグラタンを冷凍しておいて、それをもう一回焼いたりもします。

麺類は、少しカットして、フォークでグルグル巻いて食べさせてます。すすることができるので、少しぐらい長くても大丈夫。ラーメンとかお蕎麦とか、スープにつけてすすることもできるんです！（食べさすのは私。）

おにぎりもよく登場します。よく作るのが、シソの葉とおじゃこのすし飯を、おにぎりにしたもの。リハビリにもなるので、手で持って食べてもらいます。

おにぎりには、卵焼きとお味噌汁なんかをプラスします。

お味噌汁は必ず出します。汁物があるほうが、ご飯がのどを通りやすいかな、と思うので。もちろんトロミ剤を入れてのお味噌汁です。

腹時計とおやつ

やたらと時間を聞くのは、お腹空いてるからか

おとうさんは、基本的になんでも食べる人。おやつは甘いものもしょっぱいものも、好き嫌いなく食べます。

それでも何か食べたいものがあるでしょうよと、リクエストを聞いても、「なんでもいいよ」

そうは言うけれど、すぐにお腹が空いてしまうことを、自分でもわかってるみたい。

「腹持ちするのがいいよね」
と言うと、
「ふふ」
と笑ってます。

施設だと、小分けにされてるバームクーヘンひとつとかで、ちょっと少ないよう。家では大きめのお菓子を出すようにしてます。本当はダメかも(笑)。

ホットケーキミックスを使っての蒸しパンやカップケーキ、甘酒とフルーツのアイス、白玉団子でおぜんざいしたり。スイートポテトはお気に入りかも。飲み物は、コーヒーや紅茶にして、おやつの時間っぽくしています。

アイスも最初は、冷たすぎるか？　と思いました。でも、聞いたら、

と思います。

「食べる」

回復期病院で食べる練習をする頃に、最初に食べたのがバニラアイスだった

焼き菓子だと、自分で持って食べることができるので、食べた感があってい
いみたいです。リハビリにもなるし。

でも、おせんべいはパラパラこぼれるので、自分で持って食べてもらうと、
後始末が大変！

自宅にいるとよく時間を聞くんですよね。

はじめは目が見えないからかな、と思っていたんですが、どうやらお腹がす
いてきたから聞いてくるようだと気づきました。お昼直前にも聞くし。

おやつの量が少ないと、すぐに時間を聞きだします。

15時過ぎに食べたのに、17時くらいになると、

「何時かなあ」

「夕ご飯の時間まだよ」

「まだそんな時間かあ」

ご飯が食べられなくなるのは困るので、茶腹で持たせたりします。

楽しみ

おとうさんは食べて楽しくて、私は作って楽しい♪

食べる話ばっかりのようですが、動けないおとうさんにとって楽しみといえば、やっぱり食べることかなと思います。できるだけ、季節の食材から、手作りするようにしています。

朝昼メニューは定番が多いのですが、夜は少し凝ります。

夏は、家の庭でできる夏野菜を入れた夏野菜カレーに。なすびを煮びたしにしたり。キュウリやゴーヤもよくいただくので、佃煮にしたり。ピーナッツバターとお味噌で作る胡麻和えもどきも、また風味も変わり美味しいです。

冬場は、白菜をいただくことが多いので、豚肉と白菜のミルフィーユ鍋。おネギとかたくさん入れて、盛りだくさんにします。実家の父のお墓参りに行ったときに「道の駅」で白菜、大根をたくさん買ってくることもあります。

鍋料理はもちろんのことですが、白菜漬けにしたり餃子の種にしたりと、いろいろ試しています、今やWEBサイトにいろんなヒントが出ているので、楽しく作れますね。

おでんもよく作ります。お大根を多めにしてます。お肉系はスジ肉とか手羽元。あとは練り物。そんなに凝ったものは入れません。

調味料も、今は塩麹、醤油麹、甘酒、黒糖などを使います。だしやかつお節って、どうしてもいただきものとかあったりしますから、それを使いつつ、顆粒のものをいろいろ選びながら使っています。

料理はもともと好きでした。

前は働いていたってこともあり、なんで私だけが、こんな、ご飯作らないとだめなのー、と思うこともありました。出来合いのお総菜とか冷凍食品を使ったりなんてことも、まあまあありました。

今は、時間があるので、料理に時間をかけることもできるし、もともと料理が好きなので、そんなに苦痛ではないのです。スーパーで見つけた、今まで出さなかったような変わった食材も食べさせてあげたいな、と買うようになりました。

今まで使わなかったような食材も、クックパッドとかを見ながら、料理します！

おとうさんとしては、今まで食べたことないモノを、食べさせられるのか、という感じはあるみたいなんです。

味はちゃんとわかるので、

「美味しくできたねー」

なんて言ってくれることもあります。


いつだか冬の日、冬らしく、柚子をちょっとすって、焼き魚に乗せて出したことがありました。

「何か匂わないー？」

「柚子かなー」

聞けば答えてくれますが、聞かないと何も言ってくれません。

目が見えず体が動かせないけど、鼻、口、耳には障害がほぼないので、匂いはわかるし、しっかり噛むことができるし、味わうこともできるんです。

食べることで楽しんでもらえたら、私も楽しいし、満足です。

生もの厳禁!?

生ものは食べさせないようにしてた、つもりだった!

スイカ、食べさせてた!

よくよく思い出してみたら、ミカンも出してましたね。施設で食べてたから、いいかと思って出してました。ブドウも皮をむいて出してた。キウイもバナナもリンゴも出してた…。

トマトは、湯向きして出してた。けど、めちゃくちゃ火が通っているわけではないのですね。生もの、食べてますね。

月1の、内科の先生が往診に来られたときに聞いてみたら、「大丈夫だと思うけど」と言われました。このまま、生のサラダを食べる日も近いかもしれません。

キュウリは、うちの庭でも作るし、たくさんいただくこともあり、キュウリのQちゃんもどきのお醤油バージョンを作ります。ひたすら作って冷凍しておいて、ずっと食べていきます。

これを最初に作ったのは、実はおとうさん。職場の人に教えてもらったからと、ずっと作ってくれてました。

介護生活になってから、じゃ私が作ろう、と作り方を聞いたんです。

「おとうさん、作ってたでしょ。作り方教えて！　材料、何入れてた？」

「醤油と…、砂糖と…」

「分量も教えてほしいんですけど」

「覚えてませーん」

仕方ないから、検索して作りました。


「作ってたとき、わし、そんなちゃんと計ってたかな？」

「だいたいで作ったら、毎回あの味にはならないと思うよ」

「なんか書いたのどっかに置いたとか、ないのー？」

「うーん…」

「…まあ、これでいこか」


で、こんな調子で、私の作った分量で、毎年作るようになりました。レシピは、塩小さじ2、生姜をひとかけ、醤油300cc、酢50cc、砂糖(三温糖かキビ糖)200g。きゅうり約1キロの分量です。白いご飯とそれだけでいいくらい、美味しい！　おにぎりに入れると、おとうさんもよく食べてます。

庭で作っている夏野菜（キュウリ、トマト、オクラ、たまにゴーヤ）を収穫したら、匂いを嗅いでもらったり、手で触れてもらったりもします。

淡路島が近いので、玉ねぎもよくいただきます。私やおばあちゃんは、スライスしてかつおぶしとポン酢をかけて食べます。でも、生だから…おとうさんには、天ぷらかフライにして食べさせてあげよう、と思ってます。

初帰宅

びっくり！どこに帰ってきたのかわかってない!!

施設から初めて自宅に帰ってきたとき、なんとおとうさんは、どこに帰ってきたのかわかってなかったのです。

病気のせいで記憶がいろいろ入り混じり、混乱してたのもあったのでしょう。結婚当時のところなのか。その次に引っ越したところなのか、いろんな家がおとうさんの頭の中に出てきてたみたいです。

実は今の家が今まで住んだ家の中で、住んでいる期間が一番短いんです。

今の家の前は、マンションに住んでいて、そこが一番長かったのです。15年くらい住んでいました。

そのあと、今の家に引っ越してきました。ここに住み始めてからは、まだ7年ほどなのです。おとうさんは3年前に倒れてしまったので、住んだ期間は3年くらい。今の家の記憶は、薄かったのかもしれません。

帰ってきて最初に、

「ここ、マンション?」

と、聞かれました。

「違うよ、引っ越したでしょ、坂もないでしょ。お庭もあるんだよ」

「そうだったっけー」

「おとうさん、庭の手入れ、手伝ってくれてたじゃない」

「ふーん」

全然ピンと来てないみたいでした。


でも、何度か帰ってくるうちに、だいぶ思い出してきたみたいです。


「庭が雑草だらけやわー」

「ごめん、抜かれへんわ、わし」

と、おとうさん、前は草取りしていたことも、思い出しました。

今は、ちゃんと「今の家」を認識してます！

家に帰ってくると、安心しているのがわかります。やっぱり、声を出したら、
誰かが答えてくれるっていうのは、いいみたい。

もちろん病院や施設でも、看護師さんやスタッフの人たちが、定期的に見に来て声がけはしてくれます。でも、当然ですけど、いつも誰かいるわけではありません。ひとりでいることが多く、いつでも答えが返ってくるとはいかなかったわけです。

特に回復期病院は、個室だったので、ドアをオープンにして人の気配を感じるようにしてくださっていました。

でも、家では、おとうさんひとりということは、まずないです。誰か家族がいるのが、家ですから、ホッとするんだと思います。

電話

「家に帰りたい！」と、駄々をこねるのをなだめました

おとうさんは、あまり家に帰りたがるような素振りをしませんし、帰りたいと言うこともほとんどありません。

でも、今の施設を利用するようになって、施設の人からヘルプの電話が入ったことがありました。

コロナの流行の関係で入所生活が長期に及んだときだったのですが、「家に帰りたい」と駄々をこね始めたというのです。

職員の人がなだめてもなかなか聞き入れることができず、私が電話越しになだめるということがありました。

「おとうさん、もうちょっとだけがまんしてね」

「…」

「言ってることわかる？」

「わかった」

「ほんとにわかった？」

「明日になったら、このことも忘れてるかもしれませんが、よろしくお願いいたします」

と言って、電話を切りました。

そのあとは電話もかかってこなかったので、大丈夫だったんでしょう。

そういえば、この出来事の少し前、窓越しの面会に行ったときに、

「いつ帰れる？」「家に帰りたい」

と言っていたことを、思い出しました。


ふだんそんなことを言ったことがないし、おとうさんは最近の記憶がとぎれとぎれなので、覚えていないでしょう、と気にしていなかった私。

もう少し気にかけておかないといけなかった、と反省しました。


結局、ヘルプの電話があったコロナ禍の最初の頃、３ケ月くらい家に帰ってこれませんでしたが、やっと帰ってこれることになって、私もホッ。

そんな電話をしてきたのに、家に帰ってきたときは、特になんともない普通の態度でした。

お正月

お餅も無事クリア！年々、お餅の量が増えていきます

最初のお正月は、倒れてから丸1年が過ぎた頃でした。

回復期病院から、1泊2日で外泊の許可をもらって、倒れてから初めて、自宅に帰ってこれることになりました。


「お正月に帰れるよ」

「あ、帰れるんだ」

おとうさん自身は、普通な感じ。

でも、実際そのときになったら、おとうさんも家族も、緊張！

帰宅前に、看護師さんから、介護用リフトの使い方や、食事の仕方、おむつの替え方などの介助の指導をひと通り受けましたが、やっぱりちゃんとできるのか不安でした。

介護のベッドはリースしてあったり、介護用リフトも用意してありました。しかし、こっちも慣れていないし、おとうさんもやってもらうことに慣れていないしで、お互いガチガチ。ものすごい緊張の1泊2日でした。

お正月は娘や息子も仕事が休みで、みんな家に集まります。目が見えないおとうさんですが、話しかけると誰かが返事をしてくれるので、安心しているようでした。

食べるものは、私たちと同じものを少し細かくするだけでよかったので、安心しておせちを食べたのです。

でも、お餅はさすがに怖くて、最初のお正月は食べませんでした。

2回目のお正月は、1週間くらい帰ってきました。

「おとうさん、お餅はふたつにしようか」

と、丸もちを4等分にして、1／4のをふたつ。

焼くと粘り気が減るので、とりあえず焼いてみて、お雑煮に。無事食べることができました。ちなみに我が家のお雑煮は、白みそ仕立てです。

3回目のお正月は、もっと長く帰ってくることができました。

年末から帰ってきています。

年越しのおそばを食べながら、大晦日を過ごし、お正月はみんなでおせち。

「おとうさん、エビ食べるー？」

とか聞きながら、食べてもらいました。

ちなみに、今はもう、おせちは買って済ませています。


お餅は、丸もちひとつ分にしました！　丸々1個を切らないで大きいままというのは、のどに詰まりそうで怖いので、やっぱり4等分にしてお雑煮に。今回も無事に食べることができました。

毎年初詣は、家族で行くんですが、おとうさんが年末年始に施設から帰宅するようになってからは、私が朝から氏神様にお参りに行って、私が帰ったら、子供たちが行ってと、交代で行きます。おとうさんはお留守番です。

初詣の帰りに、出店で福玉焼きっていうカステラ焼きみたいなのを買ってきて、おやつに食べます。おとうさんも食べられるし、ちょうどいい！

我が家のお正月の風物詩です。

お雛さん

お雛さんを出す係は、おとうさんから私へ、バトンタッチ

子どもたちが小さいとき、おとうさんがお雛さんの人形を出す係でした。

今の家に越す前は、おとうさんの実家のほうで飾ってもらってました。

「おとうさん、行って飾ってきて！」

と、ずっと頼んでたんです。

今の家に越してきてからは、飾るスペースがなんとかできたので、飾ろうか、となったんです。おとうさんの仕事ではあったけれど、実際は、おとうさんが

やったり、私がやったりでしたけど。

そして今は、私が虫干しをかねて出すようになりました。

「おとうさん、今年もお雛さま出したよー」

「ああそうか。わしが出せんようになって、ごめんなー」

「そうよ、おとうさんがしてくれないから。私、お人形さんの位置がわからないわ」

と、言いながら…。

お雛さんの取扱説明書には、ちゃんと番号を振っておいてくれていたんですけど、私は見分けがつかなかったりするわけですよ。小道具もいっぱいあるし。

もともとは、私が覚えられないから、

「じゃあ、わしがするわ」

と、なったんです。

おとうさん、几帳面なんですよね。電気系の技術職という仕事柄なのかもしれないですけど。

「お人形さんの顔の区別がつかないわー、とりあえず並べておいたらいっかな」

「ええんちゃうか」

と、話しながらそんな感じで飾ってます。

でも、おとうさんはお雛さんを出すのは「自分の仕事」と思ってるみたいで。

「できなくなって、ごめんな」

「いいよー。できるうちは私が出すわ」

なんて言ってます。

介護生活になってからは、お雛さんの時期はこの会話を繰り返しています。

一緒に桃の花を飾るんですけど、桃の花って匂いがあまりないんですよね。

「桃の花、飾ってるよー」

と、言うんですけど
「ちょっとわからんな」

「ですよね」

みたいなやりとりもしてます。

お風呂・着替え・歯磨き

風邪をひかないように、気をつけてます

お風呂は、施設で入ってきます。週に2回で、シャワー浴。実際に入れてもらっているところを見たことはありませんが、2〜3人がかりで入れてもらうそうです。

家では、体を拭くくらいです。

家にはだいたい3日間いるので、真ん中の日に拭いてあげます。汗をかいてたら上半身だけ拭いたりもしますし、汗ばむ季節は毎日拭いてあげることも多いです。

冬は寒いから、頭拭いて風邪ひいても困るし、今日は拭くのは止めとこうか、となることも。タオルを温かくしても、いろいろ準備しているうちに冷めちゃうんです。

あんまり熱々なのもまずいから、濡れタオルを電子レンジでチンして程よくしておいて、保冷バックに入れておくと、温かいのを保てます。

やっぱり、拭いてあげると気持ちがいいみたいです。

頭に蒸しタオルをグッと巻いて、

「ちょっとマッサージしよっか」

と、なることもあります。

ありがたいことに、このような状態になってから、風邪をひいたことはないんです。

ここ何年かは、私も風邪ひかないようにがんばってます。

服は、いつもパジャマの状態です。

ホントは朝起きたら着替えて、とかがいいとは思うんですけど、おとうさんの場合は介助が大変なので、家でも施設でもパジャマのまま。

右手は上がるから袖を通せるんですけど、左手は上がらないので、自分での着替えは無理なんです。

前ボタン前開きのほうが着替えさせやすいので、そうしてます。

健康的な食生活のおかげか、肌はツヤツヤ。爪もちゃんと伸びます。

ヒゲなんかもすごく伸びます。施設でも剃ってはくれるのですが、家にいてもすぐ伸びちゃうんです。

施設に行く前には、ちゃんと剃っとかないとね。身だしなみだしねと言ってます。

歯磨きは、基本は私がしています。

調子がよさそうなときは、自分で磨いてもらって、仕上げは私がします。

おとうさんの歯は、めっちゃ丈夫です。医者嫌いなので、もちろん歯医者にも行かなかった。なのに、私よりも歯が丈夫なんです。

ある日の朝食にウインナーを出したところ、ひと口分、昼まで口の中に隠していました。

歯磨きもしたのに、それに気がつかなかった私。もうビックリでした。

トイレ

大変と言われがちなトイレだけど、あんまり気になりません

トイレは、完全におむつです。

介護用のポータブルトイレというものもあるのですが、おとうさんは自分で立つことができないので、トイレの介助もできず。ということで、自動的におむつになっちゃうのです。

おむつは、近所の薬局で売っているモノを使います。買い物に行ったついでに、買ってくる程度で、そんなに負担ではないですね。おむつの購入個数が多ければ、宅配サービスも利用できます。

おむつと尿パッドを併用して使ってます。尿パッドは、昼は4回吸収のモノ、夜は6回吸収のモノと、使い分けています。

便が出たときは、おとうさんからの申告があります。
おしっこのときも、出たと申告されることもあるし、私が聞くことも。
おしっこが出るのがわかるときは、「おしっこしてもいい?」と声をかけてきます。
おむつの交換のあとは、ありがとう、と言ってくれます♪

施設ではおむつを替えてほしいときは、ナースコールをしないといけないので、トイレ終了となかなか言えないみたいです。施設ではだいたいおむつ交換の時間が決まっています。
家にいるとわりと言いますね。

出たという感覚が、わかるときとわからないときはあるみたいです。肌触りもよくわからないのか、このおむつがいい、とか、悪い、とかも言わないです。

トイレのたびに、

「ごめんね、ありがとう」

って、言ってくれるんですよね。


やっぱり、おむつを替えてもらってる、っていうのが、あると思うんですね。すまないな、っていう気持ちがあるんだと思います。

ご飯食べてるときより、言うかな。

できるだけ、申し訳ないと思わせないようにしています。

「おむつを替えるのとか、私、そんなに気にしてないんです」

って言うと、まわりに驚かれます。


「たいへんやろー」

「たいへんとは思ってない、ちゃんとしゃべってくれるから」

「いや、そういう問題じゃないやろ」

「いや。そんなに。負担に思ってたら、私もっと痩せてると思うわ(笑)」


便とか尿が出ないほうが、私としてはとても心配なんです。お腹が張ったりしたら、食欲にも影響するので。


「ごめんね」

と言われても、

「出たからよかったじゃん。出なかったら、ご飯食べられないとこだったよ」

「なるべくがんばって出そうね」

と、声がけしてます。

「ごめんねって言わんで、大丈夫だからね」

って。


おとうさん、もともと少し便秘気味なところがあるんです。便秘解消のお薬、もらっていて、出なければ使いますけど、あまり頼らない方がいいのかな、と思ってます。


なので、甘酒とバナナでジュース作って朝飲ませたり、筑前煮とか野菜の多いおかずを作るようにしたり。

食事にも、なるべく発酵食品を取り入れています。嫌がらずに食べて飲んでくれるので、助かっています。

みんなそうだと思いますけど、おとうさんのリズムがあるんですよね。今週は家では出ない週とか、今週は施設でよく出たりとか。

尿のほうは、朝おむつ替えて、昼前に替えて、おやつの前か夕ご飯の前に替えて、寝る前に替えるというリズム。

自分で尿が出たと申告してくるときもあるし、

「そろそろ、おとうさん、出てないー？」

と、私が聞くこともあります。

おむつを替えるのは、家族でも私だけですね。子どもたちは…、やってと言えばやってくれるのかもしれないけど。

「もういっか。やっちゃお」と思って、私がおむつ交換しています。

最初の頃おむつ替えは、力で体を動かそうとしてしまったので、おとうさんもつらかったと思います。

右手は多少使えたので、横向きになってもらってベッドの手すりを持って身体を支えてもらい、私も支えてで、なんとかやっていました。


今もそんな感じですが、おとうさんもコツがわかってきたみたい。

「足曲げてー」

とかいろいろ言うと、そのとおりにやれるようになりました。

負担は、前よりも少なくなったかな。


おむつもそうですけど、着替えにしてもなんにしても、わからないことだらけだったので、「介護職員初任者研修」に行きました。

私はぎっくり腰をしたことがあるので、わからないまま無理に介護をして

「ぐきっ」といったら困るなと思って、勉強しに行ったんです。

本来なら、毎日行って3ケ月くらいで資格が取れるコースだったのですけど、私の場合は週1回6ケ月で取りました。

市の広報誌に載っていた募集案内を、偶然見つけました。費用も安いし「週1なら行ける！」と思ったんです。

着替えのさせ方、おむつの替え方などなど、教えてもらいました。おかげで、おとうさんに負担がかからないよう、短時間でスッと替えられるようになりました。

自分でもわかっていたけど、力任せはダメですね。

ハッカ水スプレー

作るの簡単！　梅雨の頃は毎日スプレーします

爽やかな時期はあっという間に終わり、梅雨の時期。

おとうさんの様子がすぐにわかるよう、介護ベッドは、キッチンから見える位置のリビングに置いてあります。

キッチンの近くということもあり、この時期はどうしても湿気がたまってしまいがち。ベッドで使っている布団も、なんとなくしっとりしてしまいます。

換気に気を付けるのとは別に、ジメジメ感を出さないように、ハッカ水を部屋にスプレーをしたりしています。

ハッカ水は、手作りです。作り方は簡単！

100均でスプレーボトルを買ってきます。100〜150ミリリットルくらいの容量のボトルです。それに、8分目まで水道水を入れて、ハッカ油を2〜3滴垂らします。入れたらフタを閉め、ボトルを振って、ハッカ油と水が混じり合ったらできあがり。分離しちゃってたら、使う前にまた振ればOKです。

毎日、キッチンとリビングに、まんべんなくスプレーをします。朝起きて1回、夕方に1回。ハッカ水は消臭の効果もあるようで、とっても清々しい空間になるのです。

シュッシュッシュッシュ、スプレーしまくりますので、2〜3日でボトルは空になります。でも、ハッカ油は作るのが簡単。それに1回作るのに2〜3滴で、あとは水道水だけしか使いません。なので、手間もないですし、ほとんどお金もかかりません！

おとうさんも、

「なんかスーっとするね」

なんて言ってくれます。

「そうでしょう〜。さっぱりする感じでイイでしょ」

こんな風に会話をしながら、シュッシュとスプレーするのです。

おむつ替えのあとなんかも、シュッとしたりしてますね。


なので、芳香剤や他のアロマは、あまり使わないです。施設では、臭いのことを考えて、少しきつめの消臭・芳香剤を使っているようなのですが、おとうさん、ちょっと苦手そうにしてたので。

もともといろんな匂いがするのはイヤみたい。家では消臭・芳香剤を使うにしても、柔らかい匂いのものにしてます。

丸坊主

坊主にしてくれれば、いろいろ楽なんだけど

散髪は、２ケ月に１回施設に来る、訪問理髪店の理容師さんに予約をして、散髪してもらいます。

会社員だったので、特に髪型にこだわりなどなく、理髪店でごく普通の髪型にしてもらってました。髪の毛はあるっちゃあるんですが…、頭頂部が寂しい感じになってきていて…。

それはともかく、倒れてまもなくの頃は、寝たままの状態で散髪をしてもら

っていました。

長い時間座っていられなかったので、急いで仕上げたのでしょう。おとうさんも無意識にフッと動いちゃったりしたんでしょうね。ちょっとトラ刈りでした。けっこう、トラ刈りの期間は長かったです。

ですが、最近は少し長く座れるようになってきて、きれいにさっぱりした感じに仕上がって帰ってきます。

施設で入浴もお願いしているのですが、そのとき髪の毛を乾かすのに「丸坊主にするほうが楽だよ」と私が言っても、何も返事をしません。

どうも丸坊主がイヤなようです。

日を新ためて聞いても、聞こえないふりをします。

「おとうさん、もう、シャンプーするにしても楽だし、私も夏場、家で頭を拭いたりするのが楽だから、丸坊主にしない？」

と言ってみたら、ダンマリの抗議が始まります。

イヤ、と思ったらしゃべらない。

後日、もう1回聞こうと思いました。

そして、しばらくして、

「丸坊主にするの、イヤなの？」

と聞きました。

「絶対にイヤだ」

との答えが返ってきてからは、聞いていません。

介助用リフト

「着地失敗」なこともあるけど、楽しく移動します

おとうさんの介護には、介助用リフトが必需品です。

介助用リフトとは、ハンモックのネットみたいなもので、ベッドから車いすに移動するときに使います。

おとうさんの移動には、欠かせない道具です。

介助用リフトの操作は難しくて、慣れるまでたいへん。たまに失敗します。ネットがちゃんとおとうさんの体に合ってないと、傾いちゃうんです。そうすると、車いすにうまく座れなくって。

何回か上げ下げしちゃって、

「おとうさんごめん、今日、着地がうまくいかないや」

なんて言っていると、

「ふふ」

と、笑われます。声がけしながらだから、不安はないみたい。

うまくいったときは「着地成功！」、うまくいかないときは「着地失敗」、なんていつも言いながら、移動するんです。

リフト用ネットを装着するとき、右手の力がついてきたのか、グッと体を起こしてくれるので、私としてはやりやすくなりましたし、うれしいですね。

おとうさんもできることがあると、疲れたと言いながらも、私の負担が減るのがうれしいというか、達成感があるみたいです。

だけど、私の体力が一番心配かも。
あと、私が体調不良になったらどうしよう、っていうのはあります。
おとうさんは大柄なので、介助用リフトを使っていても大変！　というときもあります。

でもまあ、「着地失敗」しながらも、がんばろうと思います。

タコ

卵焼き風にどーんと作るのが、我が家の明石焼き

明石といえばタコ。
タコが有名ですね。
年間通して食感が良くて、美味しいです。
けど、意外と高かったりするんですよ。

タコと並んで有名なものに、明石焼きがあります。
明石焼きは生地が柔らかすぎるので、家では明石焼きかタコ焼きかとなると、作りやすいタコ焼きのほうが出番が多いです。

明石焼きは、卵焼き用のフライパンで卵焼き風な感じで作って、お出汁で食べるのが我が家流。

昔、居酒屋さんでこの明石焼きメニューを見て、これはいい！　と家で作るようになりました。みんなで切り分けて食べますね。

切り餅をさらに細かく切って入れると、また違う食感になって。揚げ玉も入れたり。いろいろアレンジがきくので、便利です。

おとうさんも喜んで食べてます。タコみたいに噛むのがたいへんそうなものも、歯は丈夫なので問題なし！

明石焼きがご飯になっちゃうときもあるし、ご飯のおかずになったりもします。

家だと、白いご飯と食べちゃいますね。

関西あるあるで、タコ焼きの粉は、みなさん常備してますね。

昔はタコ焼きの粉なんかなかったから、小麦粉をお出汁で溶いて作ってました。


明石焼きもタコ焼きも、お出汁派やソース派といろいろですが、おとうさんはどっちでもイイ派です。

相変わらず、出したら、それで食べる。

すっごく楽でいいです。


干しタコも有名で、おいしいです。焼いて食べるより、お出汁かなんかで戻して、細かく切って、おしょうゆで炊き込みご飯にしたりします。

でも、干しタコは、すごく高価なので、スーパーでタコ飯の素を買ってきて作ります。

新幹線の西明石駅に『ひっぱりだこ』っていう駅弁が売ってます。タコつぼの形のお弁当箱で、人気です。

タコ飯は、明石の郷土料理、なんでしょうね。

電気系

私はちっともわからないから、おとうさんがいないと困ります

おとうさんは電気系に詳しいので、家の中の電気関係のことは、任せていました。

コンセントの位置を高くして、と頼んだらやってくれたし、暗い庭を明るくしたいからセンサーで電気がつくようにしてくれたり。

倒れて、目が見えなくなってからも、電気関係のことは、聞いたら必ず答えてくれます。ほんと、なんでもよく知ってる。

ちょうどおとうさんが家に帰ってきているときに、停電が起きたことがありました。

朝、9時…10時くらいだったかな。朝ご飯の片付けをしていたときで、突然電気がパッと消えて、

「あれ、これ、もしかして停電!?」

「私なんかした? レンジとなんかを一緒に動かしたから?」

と、あわてたのですが、ブレーカーが落ちたわけでもないし、全体的に電気が消えてるし。

最近では、停電なんて台風のときぐらいしか起きないと思っていたのですが、スマホで停電状況を検索したら、停電地域に入ってる。

「おとうさん、ブレーカーとかなんかしないとダメ!?」

「そんなのは全然どうもないから、特にすることはないから。大丈夫だから」

「あ、そうなんだ」

どうすればいいかわからなくておとうさんに聞くと「大丈夫」と言ってくれたので、ひと安心。1時間ほどで復旧したので助かりました。

電気系がまったくわからない私。おとうさんがいてくれてよかった。

ブレーカーの場所は覚えてないと思うけど、停電のときに、どういう風な対処をするのかは、ちゃんと覚えてました。

また別の日。今度は、コンセントカバーがぐらついてます。

洗面所の掃除をしていて、終わったから掃除機のプラグを抜こうと引っ張ったら、カバーごと付いてきて浮いてしまって。

「えーーー、誰かなんとかしてくれー」となったけど、とりあえずまた、そおっと戻しといたのです。


でも、そこのコンセントはよく使うところなので、どうしたものか。


「自分で取り付けができる?」

と、これまたおとうさんが帰ってきたときに、聞いてみました。

「すぐできるで。カバーを1回外して、付ければいい。取れたのはカバーだけだから」

というアドバイスがきました。


でも、ビビりなもので、電気がビリビリ来たらどうしよう、ブレーカー落としてからするの？　なんて躊躇してしまい、なかなかできませんでしたが、どうにか替えることができました。

私が電気のことをいろいろ聞くと、おとうさんも、

「目が見えへんからごめんな」

と、いつも言います。

「おとうさんが教えてくれるから、できるんよ」

って言ってます。

表札落下事件

おとうさんに聞いてがんばったけど"やっぱり"できなかった…

我が家の表札は、少し大きめで門扉に付けていたのですが、台風で落下!

そのあと、表札をつける場所の凹んでいるところに木をかませて、その木に穴を開けて引っかけたりしてみても、取れてしまい、いっそのこと、門柱のコンクリート部分に穴を開けて、表札を付けようと考えました。

考えたのですが、どんな工具を使ったらいいのかわからなかったので、自宅に帰ってきたおとうさんに質問。

「コンクリートに穴を開けるのってどうしたらいい？」

「ホームセンターでなんとかっていうのを買ってきて、電動工具にくっつけて、それで穴開けられるから。で、ネジを買ってきて付けたらいい」

「はい、わかりました」


コンクリートに穴を開ける道具と取付用のネジ釘を教えてくれたけど、ちんぷんかんぷんな私。

とりあえずメモしてホームセンターへ行って、なんとか教えてもらったものを購入して、取り付けてみました。


「できたよ！」

と、おとうさんに報告。

「なんとかできたんやね。よかったよかった」

でも、完璧ではなかったようで、これまた台風で落下してしまい、本体も割れてしまったんです。

結局、新しく作り直しして、業者の方に付けてもらいました。

「やっぱり落ちてしまった。甘かったみたい」

「やっぱりあかんかったかー」

やっぱり、という言葉が出ちゃいました。自分が直したのならダメでも納得がいくのでしょうが、人がやったのでは納得いかなかったのでしょう。

タイヤ交換

車に興味のない末っ子のタイヤ交換、不安すぎる

家の車のタイヤ交換は、いつもおとうさんがしていました。夏用のタイヤ、冬用のタイヤと、季節ごとに交換が必要なのです。

倒れてから1年間くらいは、ディーラーに行って、タイヤ交換をしてもらっていました。

末っ子の息子が自分の車を持つようになり、自分がタイヤ交換をするということに。自分の車と家の車と、2台分してくれるのはいいのですが、私は不

安！

車に興味がない子がタイヤ交換とかできるのか？

やってもらうけれども、半信半疑でものすごく不安です。
交換しているのを見てたらドキドキするから、見ません。

「できあがったよ」

って、言われたら、

「ありがと」

とは言うものの…。

心の中では、ほんとに走っても大丈夫かいな？？？

おとうさんに聞いてみたら、私は知らなかったのですが、おとうさんがタイヤ交換するとき、いつも末っ子に手伝わせていたそうなんです。

けっこう末っ子とは、なんだかんだと一緒にしていたんですね。

「あいつに手伝わしとったから、できるはずや」

だから心配ないと言うのですが、もう一度きちんと、タイヤ交換の注意するポイントを、末っ子に言ってもらいました。

今はもう、タイヤ交換は末っ子がやることになりましたし、やってもらっても安心と思えるようになりました。

記憶テスト

日によって違うけど、記憶ははっきりしないまま

たまに抜き打ちで、子供たちの生年月日を聞いてます。記憶が戻ってきたかどうかの、抜き打ちテストです。

コロナが流行する前、面会に行っていたときは、おやつを賭けてテストしていました。

子どもの誕生日なのに！

「思い出せない！」

って言う！

ちょっとは思い出してよ！

子ども3人いるんですけど、ようそこまで生年月日を組み合わせて作るね、っていうことも。

数字をばらばらに覚えてるみたいで、それを組み合わせた年月日を言うのです。私からすれば、なんでそんな面倒なことをわざわざするの？　どうしてそうなるか？　って感じ。

「今月は、誰かの誕生日なんだけど、誰の誕生日かなー？」

と、聞いても、

「誰だったっけー」

全然当たりません。

さすがに、子どもたちの名前は覚えてます。

自分と私の誕生日と、おとうさんの両親の誕生日は覚えてるんですけど、自分の兄弟姉妹のはあやしいです。


ついさっきのことも、忘れちゃうみたい。


「お昼食べたのなんだったけ？」

と、聞いたら、

「なんだろ」

と、言うときもある。

何を食べさせても忘れちゃうのか！　と、イラっと思うときもありますね。


「うーーん、食べたかな？」

と、食べたこと自体を「？・」と言われたときは、ガックリ。
ちょっと、待ってくれー、と思います。

日によって、覚えてるときと覚えてないときがあります。

連絡帳に書いてあることや、施設と自宅の行き来のときに施設の人に聞いたこととかも、覚えていないっぽい。

「こんなことあったんだね」
「あったのかなー」

特に、今現在・最近の記憶は忘れやすいみたい。昔のことは、わりと覚えているようだけど…子どもの誕生日はなぜ、まだらなのか。

「おとうさん、今は平成でいったら33年くらいだよ」

「もう、そんなになるんだー」

と、ピンと来ていない様子。

時間の感覚もちょっとないようです。目が見えず、明るさもわからないことが関係するのかな。

仕事の記憶

仕事のことだけは、特別みたい。よく覚えてる

病気で倒れてから、記憶があいまいになってしまったおとうさん。

でも、倒れたあと、自分が長く仕事を休んでしまっているということは、わかっていました。

回復期病院にいたときに、

「わし、仕事どうなん？　どうなってるの？」

と、最初の頃は聞いてきました。

「今は休職届を出してるよ」

と、説明。

そして、退職届を出したときは、

「退職の手続きはしたよ」

と言っても、1回や2回の説明では記憶に残らなかったのです。

家に戻ってきてから、

「退職したよ」

っていう説明を何回か繰り返したのと、

「おとうさん、今年還暦よ」

と言ったら、それと退職が結びついたみたい。

「わし、退職したん？」

と、言うようになりました。

自分の生年月日は覚えていましたけど、年齢はわかってなかったんです。

改めて、

「退職の手続き取ったよ」

と言ってみました。

「んー、わかった」

と答えるものの、少し寂しそうでした。

しばらくして、

「退職したけど、大丈夫か」

なんて聞くから、

「なるようになるし！　子どもたちもみんな働きだしているから、気にしなくていいんじゃない」

と、話しました。


本当は仕事に復帰したいというのが、あったんですよね。


「仕事に戻るんなら、車いすに乗れるようにならないとね」

「じゃ、がんばる」

「行きたいんなら、自分でがんばらないとダメだもんね、私、仕事には一緒についていけないよ」

最初の頃はそんなこと話してましたが、今は、仕事復帰については、言わなくなりました。


自分がどんな仕事をしていたかは、覚えてるんです。仕事の話になると、ほんっとに覚えてる。

回復期病院に入院していたとき、職場の若い方がお見舞いに来てくれたんですが、ずっと仕事の話をしゃべってるんです。同じようなことばっかり言うから、その彼も大変だろうな、と私が思ったくらい。

技術屋さんだったので、なんだかのシステムを作ったら楽だよー、というようなことをずっと、延々と話していました。それをいちいち、

「わかりますー」

って言いながら、聞いてくれて。

「それがわかるのは、もうじき退職する誰それと誰それしかわからん、よく聞いとけ」

と、お説教まで出てくる始末。

私にはちんぷんかんぷんで、聞いてることしかできず。ちょっと申し訳なかったです。

家では全然話さない人だったので、こんな無口なおとうさんに、若い人たちがお見舞いに来てくれるってことが、私には不思議で不思議でたまりませんでした。

「こんなこと言ったらあれですけど、主人ってこんなにしゃべる人だったんだと知りませんでした」

と、つい言ってしまったら、

「いろいろ教えてもらって、お世話になりっぱなしですよ」

「えぇーーー！」

家の中とのギャップがあり過ぎで、ひっくり返りそうになりました。

今の施設に移ってからも、大人数でお見舞いに来てくださって。なんでか、若い人ばっかりだったんです。

同期前後の人たちは、遠慮されてたみたいですね。会って、どう話しかけていいのかっていうのがあったみたいです。行きづらかったというのを、あとで聞きました。

年齢が近いと、もしかして自分もこういう風になるかも、と感じるものがあるのかな、と思ったりもしました。

若い人って、そういう遠慮とか躊躇みたいのがないから、気軽に見舞ってくれたのかもしれません。

それでも、仲のよかった人が会いたいとおっしゃってくれたんですが、

「会いたくない」

と、おとうさんが言いました。

こういう自分の姿を見せたくない、っていうのがあったんだと思います。

今の施設に移り、施設に若い男のスタッフさんが入ってくるとかつての職場を思い出すのか、「仕事の話はよくしてくださいます」なんて、連絡帳に書いてあります。

やっぱり、仕事のことだけは忘れていないんだな、と思います。

おばあちゃん

かみ合わない会話をしてるけど、なんだかいい関係に

80歳になるおばあちゃん（私の母）。

家の近くに住んでいて、毎日の夕食は、我が家にやってきて食べるんです。だいたい18時すぎくらいになるとやってきます。

おとうさんが家にいるときは、いつもより早めにきてくれて、何かと手伝いをしてくれます。

最近、おばあちゃんは耳が遠くなってきています。よく聞こえないものだか

ら、おとうさんとの会話がかみ合わず、おとうさんはよく苦笑いをしています。

おとうさんとおばあちゃん、面白い感じです。


私が長男を送るために出かけているときに、宅配が来たんだそうです。

ピンポーンって鳴りますよね。普通に動けるおばあちゃんですが、インターフォンの音が聞こえず、無視。代わって、目は見えないし体は動かないけど、耳はちゃんと聞こえるおとうさん。


インターフォンに気がつき、おばあちゃんに大きな声で、

「誰か来たよ」

って言ったとか。それでおばあちゃんは宅配が来たのに気が付いて、やっと動いたようです。

あと、日曜日。夕方は、ちびまる子ちゃんがあって、サザエさんがあって。

昔、子どもたちと一緒に観てたから、テレビから流れてくる音で、今何時だってわかるんですよね。


なのにおばあちゃんは、来たとたん、一瞬でチャンネル替えちゃうんです。

おとうさん、

「あれーーっ！？」

そしたら、おばあちゃん、

「？　何かあったん？」

「いやいや、別に」


音で時間がわかるのに、と思ってたのに、わかんなくなっちゃった…とガッカリしているのかも。でも、相手が私の母であるおばあちゃんだけに「チャンネル戻して」とは言えないところがあるようで。

「なんでちびまる子にしてたの？」

「いや、おとうさんが、時間がわかるから、日曜のこの時間帯はこれにしてるのよ」

「あーそうなんだ」

って、ちびまる子に戻してくれるかと思ったら、戻してくれない。

そして、次の日曜も同じことが起こります。

留守番をお願いして、私がいなくても、ふたりで話をしているみたいなんですね。

「何話してたん？」

と聞くと、おばあちゃんは、

「なんだったかなー」

おとうさんも、

「なんだったかなー」


ふたりとも、なんだったかなー、状態です。


病気の前は、本当に話さない人だったねって、おばあちゃんもよく言ってます。でも今は、例えばおばあちゃんが、おとうさんの布団をちょっとかけなおしてあげたりするだけでも、

「ありがとう」

と言います。

「今まで彼からありがとうなんて言われたことあったかな?」

と、びっくりしてます。

そんなわけで、前は会話らしい会話もなくて、こっちがヒヤヒヤしていたけど、ふたりにしても全然大丈夫になりました。

きっとかみ合わない話してんだろうな、と思いつつ、ふたりをおいて買い物に出かけちゃいます。

基本的に遠慮ナシなおばあちゃん。おとうさんにも、

「聞こえてる!?」

「手とか動かしてみたら!?」

と、遠慮ナシ。

おとうさんが目が見えないことをおばあちゃんに伝えたときも、おばあちゃ

んが言ったのは、

「そやねー残念やねー」

いやいや、もうちょっと優しい言葉かけて！


おばあちゃんのゴーイングマイウェイなところに、振り回され気味なところもありつつも、手伝おうとしてくれてるので、あまり無下にもできず。

おばあちゃん、あちこち痛いって言うんだから、じっと座っといて、と思うんですが、なんだかいろいろやってくれるんですよね。


この前、日中ずっとラジオをかけていたのに、夕食を食べにきたおばあちゃんが突然ラジオを止めてしまったのです。そうしたら、

「ラジオ聞いてるけど」

と、おとうさん、初めて言いました。

今まで、そんなことをおばあちゃんに言ったことがなかったので、少しびっくり。

おばあちゃんの気性をすっかり理解したのか、そんなことを気にする状態ではないのかは、わからないのですが。

子どもたち

しゃべらないけど、子どもたちのことはよく見てくれてました

下の子がほっといても大丈夫な中学生くらいの年齢になってからは、おとうさんと子どもにお留守番をしてもらい、私が出かけることも増えました。

「ご飯、お願いね」

と言うと、夏場だったらソーメンにしたりとか、子どもの希望に合わせてお弁当を買ったりとかしてくれましたね。

あと、子どもと一緒に料理したりもしてたみたいです。

子どもは嫌いじゃなくて、どっちかっていうと好きなみたいで、よく遊んでくれてました。

娘の結婚のときも、そうでした。

お付き合いしている人がいる、というのは知ってたんです。

「なかなか言っても連れてこおへんな、こっちから言わないとだめなんかね」と、おとうさんが言うもんで、娘に、

「彼氏連れてきたら？　おとうさんに会わせてみたら」

と言ったら、やっと連れてくることになりました。

お相手が来るという日、私はちょうど仕事で、おとうさんが家にいる日だったんです。

仕事から帰ってきたら、おとうさん、掃除してた。


男親は結婚に反対するイメージがあるのに、

「わしは来てほしい、会いたい」

なんて言えないな、なんてことだったのかも。

でも　一番喜んでいたみたい。


「おとうさん、掃除しとるで」

「おとうさん、喜んでるみたいや」

と、息子たちもびっくりしてました。

「あきらめるのは早い！」

「見えない」という愚痴には、スパルタで言い返します

よく1日じっとしてるなー、と思うときがあります。

目が見えてないから、できることなのかもしれません。もしかして、目が見えてないことが幸いしているのかも。目が見えていて動けないんだったら、きっと爆発してしまうのではと思うんです。

私がおとうさんの立場だったら、絶対どこかで爆発していると思うのだけど。おとうさん、怒らないし、愚痴も言わないし、ワガママも言わないです。

家に帰ってくるようになって間もない頃、クイズ番組を聞いてて、

「わしは、見えへんねんけどな」

と、言ったことがあるけど、愚痴っぽいことを言ったのは、この1回きり。


何？　悟ってるの？　悟り開いたか？


普通だったら顔に出るんだと思うのだけど、怒った態度を見たことがないのです。

私を含めまわりの人に任せるしかないな、と思っているんでしょうね。気持ちの整理がついてきたんじゃないかと感じます。


だからといって、元のように戻ることを、あきらめているわけではないです。

内科の先生の往診のときに、

「目、見えるようになりますかね」

と聞くこともあるので。やっぱり、目が見えないことがネックだと思っているみたい。

はじめに小脳の眼を司るところのダメージが大きかったようで、入院中にお医者さんからは、見えるようになるのは難しいでしょうと言われています。おとうさんも一緒に聞きました。（その時、理解していたかはわかりませんが）

でも、往診の先生は、

「そやなー、医学は進歩するからな、まだわからんで」

そんな感じで言ってくれるんです。

そして、病気になってから3年目になり、最近、目が見えないからな、と言うことが多くなりました。

さすがに、愚痴っているのかもしれないですね。施設ではなかなか愚痴れないでしょうから。


目が見えない、とおとうさんが言うと、最初の頃は私が落ち込んでました。

最近は、

「目は見えなくてもしゃべれるから大丈夫。見えないってばかり言わない！怒るよホントに！！」

って、もう声が怒ってるんですけど、おとうさんに言います。

「手だってマッサージしてたら、今まで動かなかったとこが動くようになったんだから。目だって見えるようになるかもしれないよ。刺激与えないとだめなんだから！　見えない見えないって言ってたら、ほんとに見えなくなるよ！」

でも、テレビで、おとうさんと同じような症状で、見えるようになったっていう人の例を見たこともあるし、どんなことがきっかけで見えるようになるかもわからない。

「あきらめるのは早いのよ！」

最近はスパルタ気味にしてます。

はあ、また言われた、みたいな感じで、おとうさんは苦笑いです。

でも、こう言わないと、おとうさんも納得しないと思うのです。

座らない

旅行に行くなら座れるようにならないといけないのに、座らない！

「おとうさん、元気だったら旅行、行けたのにねー」

なんて言ったりはします。

「ほんまやな」

しか、おとうさんは言いませんけど。

おとうさんが倒れる1週間前は、娘の結婚式でした。

石垣島でのお式です。

結婚式というか、身内だけの披露宴という感じの式でした。石垣島には、3

泊4日で行きました。

結婚式前の準備は、バタバタでした。何かしら、石垣島に行ってる感じ。

衣装のこととかで、石垣島に何度も行っていた間も、飛行機が飛ばなくてヒヤヒヤしたこともあったんです。明日仕事なのに!

結婚式前日も、この日のうちに石垣島に着かないといけないのに、気流の関係で飛行機が飛ばない、なんてことになったことも。どうにか那覇までたどり着いたものの、夕方の石垣島着便に乗れないと言われて青ざめました。

結局、なんとかぎりぎりで乗れて、ひと安心。

結婚式では、おとうさんは、顔や態度にあまり出ていなかったけれど、緊張はしていたみたい。

大丈夫か？　と思うくらい飲んでいました。

息子たちも、

「おとうさん、けっこう飲んどったなあ」

と言っていたくらいです。


そういえば、結婚の挨拶をするために、娘が彼を連れてくるというとき、なぜかおとうさんが、家の掃除をしてました。

彼を連れてくるというとき、おとうさんは休みだったか、泊り明けだったかで、家にいたんです。

私が仕事から帰ってきたら、掃除してた！

おとうさんが一番喜んでいたんだと思います。一緒にお酒を飲める人ができると、ウキウキ気分だったのかもしれません。

式が終わってからは、私は石垣島の商店街を歩いたり、お土産物屋さんなどでショッピングをしたりしました。おとうさんは、下の息子と竹富島でサイクリングしたりして、楽しんでいました。

倒れたのは、結婚式の1週間後。
そんな記憶も新しいときだったのです。

「がんばってリハビリしないと、また石垣島に行けないよ！」
「座れないと、飛行機も乗れないし」
と、私が言うと、

「石垣島、行きたいからがんばるわ」

と、おとうさん。

倒れてすぐ、リハビリを始めたくらいのときは、旅行に行きたいからがんばると言ってたのに、最近は…。

「また行きたいねって言ってたのに、おとうさん行かれへんし。行きたいと思うんなら、がんばって足を動かす練習しないとだめだよ」

「行きたいんだったら、長い間座らないといけないんだから。車椅子でだって行けるんだから、あとは、どれだけ長く座っていられるかだけなんだよ」

「座る稽古しないとだめだよ」

と、言いまくると、

「あ、そうかー」

なんて言うんですが、全然座る気はなし、みたいな。


ご飯に30分くらいかかるので、その間は座らせます。そしてご飯のあと毎回、「おとうさん、座っててね。片付けだけしちゃうから」

と、なんだかんだと、のばしのばしに。強制的に座ったままにして、10分15分プラスし、座る練習をさせています。

おとうさん、

「旅行、行きたいなー」

とは言うんです。

どこか行きたいんなら、座ったり動かしたりのリハビリをがんばらないと、先に進まない。

座ってる時間が長くなってくると、

「お尻が痛いん、だけどなー」

なんて言いだす。


早くベッドに戻せと、何気に言ってきます。

でも、

「もうちょっとだけ待って〜」

「もうちょっとしたら片付くから」

「もうちょっとがんばって〜」

とかなんとか言って、引きのばしてます。

とはいえ、あんまり痛かったらかわいそうなので、このへんでベッドに戻すようにしています。

リハビリ

痛い体勢でも気づけないことが。声がけして動かさないとダメ

本格的なリハビリの手伝いは、私、できないんです。できることといったら、動かすようにうながすことくらい。

右手は動くので、

「左手は自分でマッサージしなさい！」

って言うと、そのときだけはやるのですが…ちょっと気がゆるむと、左手がだらーーんとなっちゃってるんですね。

「おとうさん、左手がどっか行っちゃってるよ」

と、はっぱをかけます。そんなことを繰り返してて、自分でマッサージするようにもなりました。


起き上がろう、動こうとはしてますね。朝、起きて、ご飯食べようかとなり、

「じゃ、起きるわー」

と言うんですね。支えようとしたら、背中をぐーーっと持ち上げようと力入れたんです。でも途中で、

「やっぱダメだわ」

って。きつかったみたいです。


よくよく見てると、こんな風に、ちょっとずつだけど自分で動こうとしている姿が見受けられます。

麻痺があるからだと思うんですけど、動かしたとき、どこをどう感じるのかうまく言い表せないみたいなんですね。右側はちょっとわかるみたいなんですけど、左は難しそう。

たとえば、左足首が内側にかなり入っている体制になっていても、しばらく気づかない。やっと痛いと気づいても、自分で戻せない。

「痛いねんけど」

と言ったときには、かなり時間がたってしまっている状態なのです。さらに、日によって痛みの感じ方が違うみたい。まめに声がけしないと、なんです。

回復期病院にいるときに理学療法士さんに教えてもらった、家でできる運動もやってます。

おとうさんに麻痺のあるほうの左足を曲げてもらって、私は手で押し返します。私が負荷をかけて、おとうさんがぐっと押す感じで、押し合いっこします。あんまりやるとしんどいと言うので、5回くらいですね。


左手は、自分でやってもらいます。

右手で左手を持って、上げる練習です。


麻痺があると、力が入っている状態に勝手になってしまいがちなので、マッサージもよくします。

手のひらに爪の跡が付くくらい、握りしめてしまっていたりすることもあるんです。

そんなときは、理学療法士さんが軍手で作ってくださった、赤ちゃんが握るおもちゃみたいなのを握らせたりします。

そういえば、趣味はパチンコでした。右手が動けばできる趣味ですね。

パチンコがやりたいのかな、と思って、

「おとうさん、右手動くんだから、パチンコできるね」

と言ってみたら、無反応でした。

「ふふ」

と笑って終わりでした。

コロナワクチン接種

お世話になった回復期病院にて接種し、みなさんに会えました

おとうさんの介護が始まったのは、2017年の11月。丸1年以上たった2019年からコロナ禍となり、2021年にワクチンの予約が始まりました。

予約をしようにも、かかりつけ医では予約ができない状態だったので、少し遠くなりますが、回復期のときのリハビリ病院に予約をしました。

もしも接種後、何かが起きても、事情がわかる病院のほうがいいと思ったからです。それに久しぶりに、お世話になった看護師さんにもお会いしたかった

し。でも、1回目の接種のときは、看護師さんには会えませんでした。

1回目接種後は、特に何も症状も出なかったので、ひと安心。

2回目の接種のときには、お世話になった看護師さんや作業療法士さんなど、たくさんの方と再会できました。

退院して1年以上たっていたのに、

「元気そうで何より〜」

みなさん、覚えていてくださって、仕事をちょっと抜けてきてくれたりして、おとうさんに声をかけてくださるのに、

「覚えていない」

という残念な言葉が…。

でも、みなさん優しく接してくださって、とてもありがたかったです。


2回目接種後、1日たった夕方から熱が出始めました。

「しんどくないの?」

と、聞いても、

「別にどうもないよ」

と言って、食事はふだん通り食べてました。


熱が高いので、アイスノンや冷えピタを貼ったり、脇のところに保冷剤をはさみ、水分をしっかり摂ったら、次の日の朝には平熱になっていました。

そのまた1週間後ぐらいに、施設から戻るときに、
「注射の跡がブヨブヨし、患部が熱を持っている」
と連絡があったのですが、冷やしながら様子を見ることで治まりました。

その間、接種したほうの腕は少し痛そうにしていました。でも、しっかり食べていたので、食欲が落ちなかったことが症状悪化を抑えたのかと思いました。

経口摂取することで抵抗力もできますし、床ずれをおこすこともなく、風邪もひかず過ごすことができるのだと思います。

とてもありがたいことです。

不満

昔は、「働いているのに家事も育児も…」と思っていました

不満、といっても、倒れる前の不満です。

平日は仕事でいないし、休日はゴロゴロしているくらいならパチンコに行くって感じで、やっぱりいませんでした。

してもらいたいことがあるなら、前もって言っておけばやってくれるんですけど、言わないとしてくれない。

例えば、食べ終わったあと、流しに食器を持っていくのは、やらないと私が怒るのもあるし、子供たちにも言っていたのでやってたくらい。

年末だったら、ちょっと家の外を掃除してよ、年末は気ぜわしいんだし、そのくらい気を回してほしいな、私だって勤めてるんだし、なんて思ってました。

毎日、仕事先が遠かったこともあり、おとうさんは早朝に出勤。帰ってくるのは9時10時。

家のことは、全部、私がやってました。

休みの日くらい、ご飯炊くくらい、できるじゃん！

「ご飯、炊いてくれてなかったんだ」

と言ったこともあります。

子どもが小さいときは、やっておいてもらいたいことを書き置きして、やってもらってました。

やっとできるようになってきたと思ったら、子供たちが手が離れるようになって、頼む用事も少なくなり、できなくなっちゃって。

言わないとしてくれない状態に戻ってしまった。

「私だって働いてるじゃん」

と、つい言ってしまうと、おとうさんがムッとしたこともありました。

そうすると、部屋にふいっと入って、こもってしまって。

「口きかんのか」

みたいな。

おとうさんにやってと言うくらいなら、自分でしたほうがいいや、と、やってしまうと、

「言ってくれたら、したのに」

なんて言うこともありました。

だったら察して動いてくれよ！

倒れる前は、会話も少ないし、こんな感じだったんです。

出会い

いきなり結婚!?「初めまして」から3回目でプロポーズに

母の知人の紹介でお見合いをしたのが、おとうさんとの出会いです。まだ結婚とかあまり考えていなかったので、1度ぐらいお見合いもいいかと、話を受けました。実際会ったときは、マジメそうな人、と思いました。

初対面のときは、あんまり長い時間、話さなかったような。かしこまった感じでもないお店で、間に入ってくださった人も交えて、お茶をしました。

紹介が終わって、ちょっと話したら、

「じゃ、あとはふたりでねー」
なんて置いていかれて。

たしか昭和天皇がご病気というときで、あと、オリンピックもあったのかな。そんなことを話して、その日は別れました。

そうしたら、間に入ってくださってる人から、
「『お付き合いさせてほしい』と返事があったけれども、どうします?」
と聞かれました。何度か会わないとわからないしな、と思って、とりあえずお付き合いすることに。

その後はお食事に行ったり、9月だったので地域のお祭りがあり、それに参加しているおとうさんを見に行ったりしました。

たしか、2回くらい会ってからだったかな。プロポーズはおとうさんが言ってくれましたね。

「ゆくゆくは結婚したいと思います」

「まだ最近会ったとこだし、いきなり結婚というのもアレだから、やっぱりもうちょっとお付き合いしましょう」

「でも、僕としては結婚したいと思っていますので」

マジメそうだし、悪い感じもしないし、人当たりも、そのときはね(笑)、よかったし。

好きか嫌いかといえば、好きだったのですね。

会ったばかりでよくわからないけど、優しいところもあって、この人だったら一緒にやっていけるな、と思いました。

それに、私には決断が甘いところがあって、買い物するにしても「これでいいよねー、いいかなー」という感じでした。そんな風にフラフラと決められないでいると「じゃ、止めときな」とか「これは買ってもいいいんじゃない」と、決めてくれたんです。

頼れる、引っ張っていってくれる人と思ったのも、結婚の決め手でした。

結婚式

ドタバタで結婚式を挙げたけど、新婚旅行は楽しかった！

めでたくプロポーズをしてもらって、結婚しようということになったけれども、まだ会ったばかりだった、私とおとうさん。

「じゃ、1年後くらいに、結婚式とか考えたらいいよね」

なんて話をしていました。

なのに、お正月に間に入ってくださった方のお宅にあいさつに行ったら、

「結婚することになったと、両方の家には連絡してありますよ。結婚式は5月頃と決まったから、式場探しをしなさいね」

と言われ、ふたりともビックリ！

あわてて年明けから式場探しが始まり、住むところはどうするのかなど、もうバタバタでした。

住むところはおとうさんの勤め先の社宅を借りることになり、ひと安心。急いでいろいろ決めたので、引っ越しのときに、婚礼家具が入る⁉ と騒ぎになりました。たまたま1階だったので、ベランダのサッシを外して入れることができたという…。

そんなドタバタが続きましたが、無事結婚式も終わり、新婚旅行へ行きました。

新婚旅行は北海道。3泊の日程で、北海道を横断しました。5月の北海道はまだ雪の残るところもあったりで、冬の北海道も味わえたしで、とても楽しかったです。

新婚旅行で一番よかったのは、函館の夜景でした。雲もスッキリ晴れて、きれいな写真も撮ってもらえたのが、思い出です。

今思えば、おとうさんとの旅行は、この北海道と、偶然行くことになったハワイ、石垣島での結婚式、だけです。退職後は旅行をなんて言っていたんですけどね。

ともかく、新婚旅行から帰ってあいさつ回りなどをすませ、なんとかふたりの生活がスタートしたのです。

すれ違い

共働きで3人の育児。疲れ切って会話ナシのすれ違いにもなる！

結婚生活が始まりました。

恋愛しながら結婚生活も始める感じです。結婚直後は私も働いていたので、土日はふたりで買い物に行ったりしていました。

私もしっかり愛妻弁当なんか作ったりなんかして、それなりにラブラブの新婚生活が続く…、のはずが、子どもがすぐできました。

第一子、長女誕生のときに、いったん私は離職し専業主婦に。おとうさんの仕事はその頃も時間が変則的だったので、育児はほとんどひとりでやってました。今でいうワンオペ育児ですね。

長女が1歳になったところで、再度就職。

なぜ、また働き始めようと思ったのかというと、私には弟がいましたが、事故で亡くしてまして。

そんなこともあり、自分の親は私が見ないといけない、おとうさんのお給料だけで子供を育て、親をみるのは難しいだろうなあ、と思ったのです。

「今後のことを考えると、私も働いたほうがいいと思う。働きに出てもいいかな」

と相談したら、

「ホントは家にいてほしい」

とか言われました。けれども老後のこととか、両方の親のこととか考えると、仕方がないよね、となりました。

たまたま、市の広報に載っていた職に応募したところ、採用が決まりました。あわてて保育所を探したのですが、見つからず。結局、私の実家に子供を預けながら、働くこととなったのです。

私が働きだしたので、おとうさんにもいろいろ手伝ってもらいました。

おとうさんは夜勤明けのときは、「あれして、これやっておいて」と、日中にしておいてほしいことをメモに書いて置いておきました。その頃は携帯電話なんてまだ普及していなかったのです。

そして4年後、長男が生まれ、その1年後に阪神淡路大震災を経験。

おとうさんは、その日から仕事場に泊まり込む日が続き、私は子どもたちを実家でみてもらいながら、仕事に行ったのです。

おとうさんが自宅に帰ることができるときに合わせて、私たちも自宅に戻る。そんな生活が半年ほど続きました。

連絡をしようにも家の電話と公衆電話しかなく、なかなかやり取りが難しかったですね。

そんな経験をしながら、長女の小学校入学を前に、私の実家の近くのマンションに引っ越し、そこで次男が誕生。

この頃からは、おとうさんと私の休みは、子ども中心になってきました。子供たちが小さいときは、おとうさんの実家に遊びに行ったり、動物園や水族館に行ったり。

ある程度、長男と次男が大きくなってからは、男子チームで電車に乗ってスタンプラリーに参加したりしていました。長女は部活やらなんやらで、家族より友達といるほうが楽しかったみたい。

子どもたちの長期休業期間は、家族旅行もしました。

そんななか祖母が倒れ、落ち着いたと思ったら、今度は実家の母が倒れたのです。仕事と子育てと、とっても大変な時期にいろいろありました。

その頃おとうさんの勤務は交代制だったので、子どもたちのことをよくみてくれていましたね。

子どもたちも、年を追うごとにクラブ活動などで忙しくなります。もう親とどこかへ行くなんてことが少なくなってきました。

おとうさんも、昔自分がしてもらったように、職場の若い子育て世代の人に夏休みを優先させてあげるようになり、ふだんの日はもちろん、お休みの日も家族の時間はバラバラでした。

世に言う「すれ違い」です。

おとうさんとの会話もほとんどないのが、当たり前になっていきました。

ハワイ旅行

まさかおとうさんと一緒にいくとは…会話も弾んで楽しかった！

子どもたちが大きくなって、すっかり手が離れ、おとうさんとの会話もないなりに、

「退職したら、旅行、行きたいよね」

と、話したりはしていたのです。

「でも、まだまだ先だよな」

で、終わってました。

1泊でもどっか行ったらいいのになんですけど、お互い仕事のリズムみたいなものがあって。

それでも休みを取ればよかったのですが。でもその頃、おとうさんは仕事が大切、おとうさんは仕事人間、と思ってたんです。私はいつでも休み取るけど、おとうさんは無理なんだと、私が勝手に思い込んでいたんです。

「仕事を休んで、どこかに行こう」

と、もっと言えばよかった。今になって後悔しています。

今はそう思ってますが、結局ふたりともわざわざ休みを取ることもなく、冷めた日々を過ごしていました。

ところが！　おとうさんが倒れる3～4年前、とあるテレビショッピングで、プレゼント応募に当選!!　かかる費用の半額でハワイに行けるというプレゼントに当たったのです！


最初は、どうせおとうさんは仕事が忙しくて、長く休みも取れないだろうから、まずはおばあちゃんを誘いました。

「年だし、長い時間飛行機乗るのイヤだわ」

と断られたので、次は叔母に聞いてみました。こちらも都合がつかず、

「しょうがない、おとうさんに聞くか」

と聞いたら、

「行く」

って言ったんです。

お、珍しい。行くって言ったわ、と思って、じゃあ、行きましょか、となりました。

旅行中、何しゃべろか…。ちょっと心配でした。

ふたりとも、海外旅行は初めて。

行ったのは、オアフ島。ダイヤモンドヘッドが見える島です。

いろんなところを観光しました。こんなことはめったにないから！

4泊6日の日程で、オプションツアーを申し込んであちこち名所も巡りました。なんとリムジンで案内してもらうことに！　もう大興奮でうれしくて、ふたりで車の前で写真撮ったり、はしゃぎ過ぎたほどです。

私が見たいところ、おとうさんが見たいところを別行動で行ったりもしました。

その頃、パッチワークをしていたのもあって、私はパッチワークのお店に行きたかったし、おとうさんも行きたいところがいろいろあって。時間優先で、別行動も多かったです。

そんなぎゅうぎゅうのスケジュールのなか、ショッピングモールもウロウロしました。

記念に何か買おっかという話になり、新婚旅行以来のペアルックも買ったりして。

おとうさんはアロハシャツ、私はワンピースみたいのを買いました。

ふたりで笑いながら、

「こんなとこで、こんなん買うか」

なんて。

けっこう、盛り上がりましたね。

とっても楽しくて、めったにできない体験も多く、会話も弾んだ旅行でした。

でも、ハワイから帰ってきたら、すぐに会話のない毎日に戻ってしまったのです。

一番幸せ

なんでも全部話せるから、介護も楽しい ストレスなし！です

ハワイ旅行が終わり、会話のない毎日に戻ってしまった、おとうさんと私。娘の結婚で、ちょっと会話も増え、石垣島にまた行きたいね、なんて話していたのですが…。結婚式から帰った1週間後に、脳梗塞発症。

麻痺でほぼ寝たきりになって、目も見えなくなったおとうさんを、週3で自宅介護することになりました。

この介護生活が始まって3年ほど。今は、普通の生活している感じですね。

ただ、おとうさんが動けないってだけ。

目は見えなくなってしまったし、首から上と右手が少し動くこと以外は、麻痺があります。でも、幸いなことに耳も聞こえるし、話すこともできます。私の場合、なぜか今は楽しめている感じなのです。

おとうさんが施設から帰ってきたら、何食べさせよっかな、おやつはどれにしよっかと楽しんで買い物したりして。

これはとても不思議なことですよね。

病気になって、おとうさんの性格が変わったからかもしれません。

病気前は、必要以上なことは話さない人でした。冗談を言ってもスルーされ

て、子供たちも、
「おとうさん、職場でどないしてるんやろ?」
と、言うぐらいでした。

倒れてしまって、麻痺は残ったものの意識が戻って、気管切開の器具を取ることができてからは、よく話すようになりました。看護師さんやPT(理学療法士)・OT(作業療法士)・ST(言語聴覚士)の方とも、よくコミュニケーションをとっているのを見て、少し安心しました。しかも、昭和のヒット曲なんかをよく歌うようになってたし。

そのとき、もし自宅介護になってもなんとかなる、と思ったんです。

今は会話するから、楽しいです。

前は本当に会話がなかった。お互いが気持ちを出し切ってなかったんですね。

普通に仕事行って、帰ってきて、それだけでした。

今は、全部言いますね。

どこそこ行ってきますって言ったら、おとうさんも、気をつけて行ってきなー、って。意志の疎通ができてるから、ストレスがないんだと思う。

話しかけすぎて、うっとうしがられることもないです。昔だったら「うるさいなー」って感じだったかも。

倒れる前は、おとうさん退職して、私も退職して、家でふたりでいてイヤだよなあ、と思ってました。

今、ふたりとも仕事辞めて、まさにそういう状態なんですよね。でも、全然ストレスじゃない！　どこも行けないっていうのはちょっと残念なんだけど、でもまあいいや、って感じ。

会話のなかったおとうさんの世話をするのも、不思議と平気。自然とそんな流れになった感じ。私しかいないしな、っていうのがあるからかも。

良いほうに自分が考えていれば、物事は良いほうに行くんだよって、思うようになりました。

今、とっても穏やかです。人生で一番穏やかかかもしれない。
夫婦としても、幸せ度合いは100%に近いかもしれない。

自己満足かもしれないけど、幸せです。

介護はギフト

大変なこともあるけれど、考え方を変えたら、大丈夫！

一般的に、在宅介護は大変と思われています。

私の介護に対するイメージも、「大変」「年中無休」「旅行にも行けない」というものでした。

実際、大変なことも多いです。

思いつくままに、並べてみました。

・精神的な負担…終わりが見えない。自分のことは後回しになって、気が滅入るようになってしまう。

・時間的な負担…仕事や家の用事、趣味などをしたくても、介護に束縛され、時間が取れない。

・肉体的な負担…年齢とともに体力がなくなる。要介護者が介助者よりも体型が大きいと、体のあちこちに負担がかかる。

・経済的な負担…介護用品、紙おむつなどが、塵も積もればで高額になってくる。

私も、もれなく大変な状態を経験しました。

おとうさんが倒れた当時、フルタイムで仕事をしていましたし、どうなるかわからない症状で不安でした。仕事もあるし、家のこともあるし、入院先に紙おむつを持っていかないといけないしで、毎日過ぎていくのが早かったです。

自分の時間なんてほぼなかった。入院中にもかかわらずです。

自分が骨折しちゃったときは、ほんとうに大変でした。おむつを買いに行ってて、なんで滑ったのか、転んで手をついた拍子に、剥離骨折。固定しないとダメと言われ…しかも利き手の右手。

ちょうど、コロナ禍でおとうさんは自宅に帰れない状況だったのもあって、なんとかなった感じです。

1回休みなさい、というサインだったのかと思いました。

はじめは、とにかく私ががんばらないと、とやっていましたが、ひとりでかんばるのをやめたのが転機でした。学生だった息子たちには、夏休みなどの期間は手伝ってもらうようにしたりしたんです。

コンサートに行って、リフレッシュしたこともあります。

チケットを手に入れていたのを思い出し、家族に話すと「気分転換に行ってくれば」となり、一日リフレッシュさせてもらいました。

「私ひとりでがんばる」という気持ちを手放すことで、少しだけですが自分の時間も持てるようになりました。

そうやって自分の時間が少しでも持てるようになると、考え方も変わっていきました。

私じゃないとできないことだから、こうなってるんだな、と考えが変わってきたのです。

第二の子育てじゃないけど、やるしかないかー、子どもたちが手が離れたからここに手がかかるようになったかー、まいっか。

そういう感覚で生活していこう、と思ったら、気持ちが吹っ切れたんです。

そして、おとうさんの介護は、与えられた試練じゃなく、今までゆっくりおとうさんとの時間が持てなかったから、ふたりでゆっくりしなさいというギフトなんだと思えるようになったんです。

これから先の不安がないとは言いません。

しんどい、つらいも変わりません。

でも、介護する時間は、私にとって大切な時間。だから、今、楽しい介護をしています。


正直なところ、最初は「主人が倒れて介護してる」なんて、隠したいなという気持ちがありましたが、オープンにできるようになりました。

でも、1年くらいかかりましたね、そういう風に思えるようになるには。


今は3日間の介護生活。


一番大変なのは、着替えさせることかな。

夏は汗かくし、何度か着替えもします。

おとうさん、大きいし重たくて、ベッドの上だと動かすのが大変。車椅子だと、前かがみになってもらうのも楽なので、車椅子に乗ってるときに着替えさせます。

体を前に倒したり戻したり、という動作がうまくできないのです。支えながらになると、片手で着替えさせないといけないのが、ちょっと大変なんです。

あと、尿モレで、シーツとか全とっかえも大変ですね。まあ、そのときはそのときで。おとうさんには車椅子に避難してもらってます。

そんなふうに、現場で大変なことはありますが。

おとうさんが自宅にいるときは、私も自宅でできることを探します。おとうさんが施設にいるときに、バーっと動く感じ。

だけど、もし年中無休で毎日介護することになっても、大丈夫なような気がする。別におとうさんがいたからって、買い物に行けないわけじゃないし、仕事だってオンラインでできるし。普通に生活するんじゃないかな。体力が持たないかもだけど。

どこも行けないとなっちゃったら、大変かなーとも思うけど、そうなったらそうなったでいいのかな、大丈夫なのかな、という気もします。

今はZoomでもつながれるし、バーチャルの旅行もできるし。こういうものを利用しながら、自分の中で、気分転換の方法を見つけるんじゃないかなと思います。

愛情復活！

お世話してると愛情が戻ってきた…っていうのはありますね

おとうさんが自分でできることは、とっても少ないです。自宅にいるときは、私に頼まないといけません。

頼んでいいのかな？　と様子をうかがいながら、言葉をかけてきます。最初の頃は、遠慮して言えないことも多かったみたい。

たとえば、耳かきをしてほしいというのが、どうにも言えなかったことがありました。様子を見ていて私が気がついて、

「おとうさん、耳がかゆいの？」

「うん」

綿棒でやってあげたら気持ちよくなったみたいで、

「ありがとう」

と言われました。


こんなことが続き、耳がかゆいとか、爪切ってくれる？　と、言うようになりました。


言ってくれたほうが、助かる！　頼られてるのがうれしいのもあるし、生活もしやすいです。

それに、細々とおとうさんのお世話をすることで、愛情が戻ってきた部分はあります。

前は、向こうから、頼みごとをされるって、なかったかも。私が先回りしてなんでもやっちゃってたからですね。言われるより先に、さっさとやっちゃうほうが楽！　と冷めてた時期は思っていたし。

自宅に帰ってくるのが、おとうさん、楽しみみたい。

施設では、部屋に入ったらラジオの音だけになってしまうけど、家なら、私がブツブツ言いながら、洗濯したり掃除機かけたりしてて、気配があって寂しくないんだと思います。

私のほうはというと、「あ、今日おとうさんがいるわ」と、安心するんです。おとうさんが家にいると忙しいんだけど、それが心地いい。施設に帰っちゃうと、なんか気が抜けるというか。

新婚時代よりふたりでいる時間が長いし、お世話をするのも、もう1回子育てをしているみたい。

なんだか幸せで、不思議な感覚です。

いろいろ聞いてみた

今になって判明した衝撃の事実！ さようですか…

介護も3年近くたち、遠慮も本当になくなってきました。

この前ちょっと気になって、

「昔って、そんなにしゃべらなかったよね」

と、聞いてみたら、

「そうかな」

えええええーーーー覚えてないのかよ！　まさかの自覚ナシ⁉　がっくり。

もうひとつ。

「おとうさん、子どもたちと、気が合う気が合わないあったと思うけど」

「え、そうかなあ、みんな好きだったけど」

どこまでこの言葉を信じていいの？

私と結婚してどう思っているのか…。

と、モヤモヤしたものがあったんで、これも聞いてみたら、

「良くも悪くも、別になんともないけどな」

なんだその答え(笑)！　良くも悪くもないのか！

結婚して良かったって、言ってくれへんのか、とは心の中で思ったんですが、こういう答えが返ってくるとは思わなかったから、拍子抜けしてしまって、黙ってしまいました。

こんな答えが返ってくるってことは、私がおとうさんに対して思っていたほど、おとうさんは私に対してたいして不満がなかったってことなんですね。

うーーん、もうちょっと私に思っとったことがあると思うんだけど。

「ほんとにしゃべらなかったよ」
「そうかなあ」
「家でしゃべらないから心配しとったんやで」
「なんで？」

つまり、自分が病気になったからおしゃべりになった、とは思ってないってことなんです。

おとうさん本人としては、家ではしゃべらないけど、仕事場ではしゃべっていたから。今は話す場所が家に変わっただけ、なんです。家でしゃべらなかったことに自覚がなかった。

「そうかあ？　普通にしゃべっとったけど」

「さようですか…」

ホントにがっくりです(笑)。

おわりに

この本の発売直前の様子はというと…。週に3日ほど施設を利用するペースは変わらず、私もたまに出かけたりしています。

おとうさんにこれといって大きな変化はありませんが、たまにビックリすることを言います。

「今、電気消した？」
「なんか今、光ったけど」
とか、言ってみたり！

もしかしたら、目が少しでも見えてくる前兆なのかもと、少し期待したりしてしまいます。

これからは寒い時期になるので、健康管理に気を付けながら、過ごしていきたいと思います。あと、春頃には、外に散歩に出られたらいいなと思います。これは、これからの目標ともいえそうです。

この本を書くにあたり、主人の父母、主人の姉兄家族、実家の母、子供たち、ケアマネージャーさん、今までお世話になった病院の方々、現在お世話になっている施設の職員の方々、ほんとに多くの方に、たくさん支えられていることを改めて感じました。

これからも多くの方の協力に感謝し、楽しくほのぼの介護を続けていきます。

春風ほの香

整理収納アドバイザー／おうちレッスンマスター／風水介護環境整理アドバイザー／
一般社団法人 風水心理カウンセリング協会認定講師、風水住宅スペシャリスト

兵庫県在住。

2019年3月に、28年間勤めた市役所を早期退職。同年5月、整理収納アドバイザーとして片づけサービスや片づけレッスンを開始。また、風水心理カウンセラーとしても活動を開始。現在は、近くに住む実家の母も見守りつつ、週末は夫の介護をしながら「おうちの片づけレッスン」「風水心理カウンセリング」などを行っている。最近では、介護環境に関する問い合わせに答えることも多くなってきている。https://harukazelife.com/

介《かい》護《ご》は ギフト

夫《おっと》が倒《たお》れて気《き》づいた幸《しあわ》せの意《い》味《み》

春《はる》風《かぜ》ほの香《か》 著

2021年12月22日 初版発行

発行者 磐﨑文彰

発行所 株式会社かざひの文庫
〒110-0002 東京都台東区上野桜木2-16-21
電話／FAX03(6322)3231
e-mail:company@kazahinobunko.com http://www.kazahinobunko.com

発売元 太陽出版
〒113-0033 東京都文京区本郷4-1-14
電話03(3814)0471 FAX03(3814)2366
e-mail:info@taiyoshuppan.net http://www.taiyoshuppan.net

印刷・製本 モリモト印刷

出版プロデュース 谷口 令

装丁 Better Days(大久保裕文・今泉友里)

イラスト 松田絵里香

ISBN978-4-86723-063-3

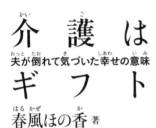